RUBEM
FONSECA

1975 FELIZ ANO NOVO

EDITORA
NOVA
FRONTEIRA

FELIZ ANO NOVO

Rubem Fonseca

Editora Nova Fronteira Participações S.A.
Rua Nova Jerusalém, 345 - Bonsucesso
Rio de Janeiro - RJ - CEP: 21042-235
Tel.: (21) 3882-8200 - Fax: (21) 3882-8212/8313
http://www.novafronteira.com.br
e-mail: sac@novafronteira.com.br

Texto revisto pelo novo Acordo Ortográfico.

CIP-BRASIL. CATALOGAÇÃO NA FONTE
SINDICATO NACIONAL DOS EDITORES DE LIVROS, RJ.

F747f
4.ed. Fonseca, Rubem, 1925-
Feliz ano novo / Rubem Fonseca. - 4.ed. - Rio de Janeiro:
Nova Fronteira, 2010.
ISBN 978.85.209.2470-9

1. Contos brasileiros. I. Título.

CDD 869.93
CDU 821.134.3(81)-3

Singula de nobis anni praedantur euntes.

Horácio, *Epístolas*

L'empereur si l'araisonna:
"Pourquoy es tu larron en mer?"
L'autre responce luy donna:
"Pourquoy larron me faiz clamer?
Pour ce qu'on me voit escumer
En une petiote fuste?
Se comme toy me peusse armer,
Comme toy empereur je feusse.
Mais que veux-tu? De ma fortune
Contre qui ne puis bonnement,
Qui si faulcement me fortune,
Me vient tout ce gouvernement.
Excusez moy aucunement.
Et saichiez qu'en grant povreté,
Ce mot se dit communement,
Ne gist pas grande loyauté."

François Villon, *Le Testament*

SUMÁRIO

FELIZ ANO NOVO

Vi na televisão que as lojas bacanas estavam vendendo adoidado roupas ricas para as madames vestirem no réveillon. Vi também que as casas de artigos finos para comer e beber tinham vendido todo o estoque.

Pereba, vou ter que esperar o dia raiar e apanhar cachaça, galinha morta e farofa dos macumbeiros.

Pereba entrou no banheiro e disse, que fedor.

Vai mijar noutro lugar, tô sem água.

Pereba saiu e foi mijar na escada.

Onde você afanou a TV?, Pereba perguntou.

Afanei porra nenhuma. Comprei. O recibo está bem em cima dela. Ô Pereba! você pensa que eu sou algum babaquara para ter coisa estarrada no meu cafofo?

Tô morrendo de fome, disse Pereba.

De manhã a gente enche a barriga com os despachos dos babalaôs, eu disse, só de sacanagem.

Não conte comigo, disse Pereba. Lembra do Crispim? Deu um bico numa macumba aqui na Borges de Medeiros, a perna ficou preta, cortaram no Miguel Couto e tá ele aí, fudidão, andando de muleta.

Pereba sempre foi supersticioso. Eu não. Tenho ginásio, sei ler, escrever e fazer raiz quadrada. Chuto a macumba que quiser.

Acendemos uns baseados e ficamos vendo a novela. Merda. Mudamos de canal, prum bangue-bangue. Outra bosta.

As madames granfas tão todas de roupa nova, vão entrar o Ano-novo dançando com os braços pro alto, já viu como as branquelas dançam? Levantam os braços pro alto, acho que é pra mostrar o sovaco, elas querem mesmo é mostrar a boceta mas não têm culhão e mostram o sovaco. Todas corneiam os maridos. Você sabia que a vida delas é dar a xoxota por aí?

Pena que não tão dando pra gente, disse Pereba. Ele falava devagar, gozador, cansado, doente.

Pereba, você não tem dentes, é vesgo, preto e pobre, você acha que as madames vão dar pra você? Ô Pereba, o máximo que você pode fazer é tocar uma punheta. Fecha os olhos e manda brasa.

Eu queria ser rico, sair da merda em que estava metido! Tanta gente rica e eu fudido.

Zequinha entrou na sala, viu Pereba tocando punheta e disse, que é isso Pereba?

Michou, michou, assim não é possível, disse Pereba.

Por que você não foi para o banheiro descascar sua bronha?, disse Zequinha.

No banheiro tá um fedor danado, disse Pereba.

Tô sem água.

As mulheres aqui do conjunto não estão mais dando?, perguntou Zequinha.

Ele tava homenageando uma loura bacana, de vestido de baile e cheia de joias.

Ela tava nua, disse Pereba.

Já vi que vocês tão na merda, disse Zequinha.

Ele tá querendo comer restos de Iemanjá, disse Pereba.

Brincadeira, eu disse. Afinal, eu e Zequinha tínhamos assaltado um supermercado no Leblon, não tinha dado muita grana, mas passamos um tempão em São Paulo na boca do lixo, bebendo e comendo as mulheres. A gente se respeitava.

Pra falar a verdade a maré também não tá boa pro meu lado, disse Zequinha. A barra tá pesada. Os homens não tão brincando, viu o que fizeram com o Bom Crioulo? Dezesseis tiros no quengo. Pegaram o Vevé e estrangularam. O Minhoca, porra! O Minhoca! crescemos juntos em Caxias, o cara era tão míope que não enxergava daqui até ali, e também era meio gago — pegaram ele e jogaram dentro do Guandu, todo arrebentado.

Pior foi com o Tripé. Tacaram fogo nele. Virou torresmo.

Os homens não tão dando sopa, disse Pereba. E frango de macumba eu não como.

Depois de amanhã vocês vão ver.

Vão ver o quê?, perguntou Zequinha.

Só tô esperando o Lambreta chegar de São Paulo.

Porra, tu tá transando com o Lambreta?, disse Zequinha.

As ferramentas dele tão todas aqui.

Aqui!?, disse Zequinha. Você tá louco.

Eu ri.

Quais são os ferros que você tem?, perguntou Zequinha.

Uma Thompson lata de goiabada, uma carabina doze, de cano serrado, e duas Magnum.

Puta que pariu, disse Zequinha. E vocês montados nessa baba tão aqui tocando punheta?

Esperando o dia raiar para comer farofa de macumba, disse Pereba. Ele faria sucesso falando daquele jeito na TV, ia matar as pessoas de rir.

Fumamos. Esvaziamos uma pitu.

Posso ver o material?, disse Zequinha.

Descemos pelas escadas, o elevador não funcionava, e fomos no apartamento de dona Candinha. Batemos. A velha abriu a porta.

Dona Candinha, boa noite, vim apanhar aquele pacote.

O Lambreta já chegou?, disse a preta velha.

Já, eu disse, está lá em cima.

A velha trouxe o pacote, caminhando com esforço. O peso era demais para ela. Cuidado, meus filhos, ela disse.

Subimos pelas escadas e voltamos para o meu apartamento. Abri o pacote. Armei primeiro a lata de goiabada e dei pro Zequinha segurar. Me amarro nessa máquina, tarratátátátá!, disse Zequinha.

É antigo mas não falha, eu disse.

Zequinha pegou a Magnum. Joia, joia, ele disse. Depois segurou a doze, colocou a culatra no ombro e disse: ainda dou um tiro com esta belezinha nos peitos de um tira, bem de perto, sabe como é, pra jogar o puto de costas na parede e deixar ele pregado lá.

Botamos tudo em cima da mesa e ficamos olhando.

Fumamos mais um pouco.

Quando é que vocês vão usar o material?, disse Zequinha.

Dia 2. Vamos estourar um banco na Penha. O Lambreta quer fazer o primeiro gol do ano.

Ele é um cara vaidoso, disse Zequinha.

É vaidoso mas merece. Já trabalhou em São Paulo, Curitiba, Florianópolis, Porto Alegre, Vitória, Niterói, para não falar aqui no Rio. Mais de trinta bancos.

É, mas dizem que ele dá o bozó, disse Zequinha.

Não sei se dá, nem tenho peito de perguntar. Pra cima de mim nunca veio com frescuras.

Você já viu ele com mulher?, disse Zequinha.

Não, nunca vi. Sei lá, pode ser verdade, mas que importa?

Homem não deve dar o cu. Ainda mais um cara importante como o Lambreta, disse Zequinha.

Cara importante faz o que quer, eu disse.

É verdade, disse Zequinha.

Ficamos calados, fumando.

Os ferros na mão e a gente nada, disse Zequinha.

O material é do Lambreta. E aonde é que a gente ia usar ele numa hora destas?

Zequinha chupou ar, fingindo que tinha coisas entre os dentes. Acho que ele também estava com fome.

Eu tava pensando a gente invadir uma casa bacana que tá dando festa. O mulherio tá cheio de joia e eu tenho um cara que compra tudo o que eu levar. E os barbados tão cheios de grana na carteira. Você sabe que tem anel que vale cinco milhas e colar de quinze nesse intruja que eu conheço? Ele paga na hora.

O fumo acabou. A cachaça também. Começou a chover.

Lá se foi a tua farofa, disse Pereba.

Que casa? Você tem alguma em vista?

Não, mas tá cheio de casa de rico por aí. A gente puxa um carro e sai procurando.

Coloquei a lata de goiabada numa saca de feira, junto com a munição. Dei uma Magnum pro Pereba, outra pro Zequinha. Prendi a carabina no cinto, o cano para baixo, e vesti uma capa. Apanhei três meias de mulher e uma tesoura. Vamos, eu disse.

Puxamos um Opala. Seguimos para os lados de São Conrado. Passamos várias casas que não davam pé, ou tavam muito perto da rua ou tinham gente demais. Até que achamos o lugar perfeito. Tinha na frente um jardim grande e a casa ficava lá no fundo, isolada. A gente ouvia barulho de música de carnaval, mas poucas vozes cantando. Botamos as meias na cara. Cortei com a tesoura os buracos dos olhos. Entramos pela porta principal.

Eles estavam bebendo e dançando num salão quando viram a gente.

É um assalto, gritei bem alto, para abafar o som da vitrola. Se vocês ficarem quietos ninguém se machuca. Você aí, apaga essa porra dessa vitrola!

Pereba e Zequinha foram procurar os empregados e vieram com três garçons e duas cozinheiras. Deita todo mundo, eu disse.

Contei. Eram vinte e cinco pessoas. Todos deitados em silêncio, quietos, como se não estivessem sendo vistos nem vendo nada.

Tem mais alguém em casa?, eu perguntei.

Minha mãe. Ela está lá em cima no quarto. É uma senhora doente, disse uma mulher toda enfeitada, de vestido longo vermelho. Devia ser a dona da casa.

Crianças?

Estão em Cabo Frio, com os tios.

Gonçalves, vai lá em cima com a gordinha e traz a mãe dela.

Gonçalves?, disse Pereba.

É você mesmo. Tu não sabe mais o teu nome, ô burro?

Pereba pegou a mulher e subiu as escadas.

Inocêncio, amarra os barbados.

Zequinha amarrou os caras usando cintos, fios de cortinas, fios de telefones, tudo que encontrou.

Revistamos os sujeitos. Muito pouca grana. Os putos estavam cheios de cartões de crédito e talões de cheques. Os relógios eram bons, de ouro e platina. Arrancamos as joias das mulheres. Um bocado de ouro e brilhante. Botamos tudo na saca.

Pereba desceu as escadas sozinho.

Cadê as mulheres?, eu disse.

Engrossaram e eu tive que botar respeito.

Subi. A gordinha estava na cama, as roupas rasgadas, a língua de fora. Mortinha. Pra que ficou de flozô e não deu logo? O Pereba tava atrasado. Além de fodida, mal paga. Limpei as joias. A velha tava no corredor, caída no chão. Também tinha batido as botas. Toda penteada, aquele cabelão armado, pintado de louro, de roupa nova, rosto encarquilhado, esperando o Ano-novo, mas já tava mais pra lá do que pra cá. Acho que morreu de susto. Arranquei os colares, broches e anéis. Tinha um anel que não saía. Com nojo, molhei de saliva o dedo da velha, mas mesmo assim o anel não saía. Fiquei puto e dei uma dentada, arrancando o dedo dela. Enfiei tudo dentro de uma fronha. O quarto da gordinha tinha as paredes forradas de couro. A banheira era um buraco quadrado grande de mármore branco, enfiado no chão. A parede toda de espelhos. Tudo perfumado. Voltei para o quarto, empurrei a gordinha para o chão, arrumei a colcha de cetim da cama com cuidado, ela ficou lisinha, brilhando. Tirei as calças e caguei em cima da colcha. Foi um alívio, muito legal. Depois limpei o cu na colcha, botei as calças e desci.

Vamos comer, eu disse, botando a fronha dentro da saca.

Os homens e mulheres no chão estavam todos quietos e encagaçados, como carneirinhos. Para assustar ainda mais eu disse, o puto que se mexer eu estouro os miolos.

Então, de repente, um deles disse, calmamente, não se irritem, levem o que quiserem, não faremos nada.

Fiquei olhando para ele. Usava um lenço de seda colorida em volta do pescoço.

Podem também comer e beber à vontade, ele disse.

Filha da puta. As bebidas, as comidas, as joias, o dinheiro, tudo aquilo para eles era migalha. Tinham muito mais no banco. Para eles, nós não passávamos de três moscas no açucareiro.

Como é seu nome?

Maurício, ele disse.

Seu Maurício, o senhor quer se levantar, por favor?

Ele se levantou. Desamarrei os braços dele.

Muito obrigado, ele disse. Vê-se que o senhor é um homem educado, instruído. Os senhores podem ir embora, que não daremos queixa à polícia. Ele disse isso olhando para os outros, que estavam quietos apavorados no chão, e fazendo um gesto com as mãos abertas, como quem diz, calma minha gente, já levei este bunda-suja no papo.

Inocêncio, você já acabou de comer? Me traz uma perna de peru dessas aí. Em cima de uma mesa tinha comida que dava para alimentar o presídio inteiro. Comi a perna de peru. Apanhei a carabina doze e carreguei os dois canos.

Seu Maurício, quer fazer o favor de chegar perto da parede?

Ele se encostou na parede.

Encostado não, não, uns dois metros de distância. Mais um pouquinho para cá. Aí. Muito obrigado.

Atirei bem no meio do peito dele, esvaziando os dois canos, aquele tremendo trovão. O impacto jogou o cara com força contra a parede. Ele foi escorregando lentamente e ficou sentado no chão. No peito dele tinha um buraco que dava para colocar um panetone.

Viu, não grudou o cara na parede, porra nenhuma.

Tem que ser na madeira, numa porta. Parede não dá, Zequinha disse.

Os caras deitados no chão estavam de olhos fechados, nem se mexiam. Não se ouvia nada, a não ser os arrotos do Pereba.

Você aí, levante-se, disse Zequinha. O sacana tinha escolhido um cara magrinho, de cabelos compridos.

Por favor, o sujeito disse, bem baixinho.

Fica de costas para a parede, disse Zequinha.

Carreguei os dois canos da doze. Atira você, o coice dela machucou o meu ombro. Apoia bem a culatra senão ela te quebra a clavícula.

Vê como esse vai grudar. Zequinha atirou. O cara voou, os pés saíram do chão, foi bonito, como se ele tivesse dado um salto para trás. Bateu com estrondo na porta e ficou ali grudado. Foi pouco tempo, mas o corpo do cara ficou preso pelo chumbo grosso na madeira.

Eu não disse?, Zequinha esfregou o ombro dolorido. Esse canhão é foda.

Não vais comer uma bacana destas?, perguntou Pereba.

Não estou a fim. Tenho nojo dessas mulheres. Tô cagando pra elas. Só como mulher que eu gosto.

E você... Inocêncio?

Acho que vou papar aquela moreninha.

A garota tentou atrapalhar, mas Zequinha deu uns murros nos cornos dela, ela sossegou e ficou quieta, de olhos abertos, olhando para o teto, enquanto era executada no sofá.

Vamos embora, eu disse. Enchemos toalhas e fronhas com comidas e objetos.

Muito obrigado pela cooperação de todos, eu disse. Ninguém respondeu.

Saímos. Entramos no Opala e voltamos para casa.

Disse para o Pereba, larga o rodante numa rua deserta de Botafogo, pega um táxi e volta. Eu e Zequinha saltamos.

Este edifício está mesmo fudido, disse Zequinha, enquanto subíamos, com o material, pelas escadas imundas e arrebentadas.

Fudido mas é zona sul, perto da praia. Tás querendo que eu vá morar em Nilópolis?

Chegamos lá em cima cansados. Botei as ferramentas no pacote, as joias e o dinheiro na saca e levei para o apartamento da preta velha.

Dona Candinha, eu disse, mostrando a saca, é coisa quente.

Pode deixar, meus filhos. Os homens aqui não vêm.

Subimos. Coloquei as garrafas e as comidas em cima de uma toalha no chão. Zequinha quis beber e eu não deixei. Vamos esperar o Pereba.

Quando o Pereba chegou, eu enchi os copos e disse, que o próximo ano seja melhor. Feliz Ano-novo.

CORAÇÕES SOLITÁRIOS

Eu trabalhava em um jornal popular como repórter de polícia. Há muito tempo não acontecia na cidade um crime interessante envolvendo uma rica e linda jovem da sociedade, mortes, desaparecimentos, corrupção, mentiras, sexo, ambição, dinheiro, violência, escândalo.

Crime assim nem em Roma, Paris, Nova York, dizia o editor do jornal, estamos numa fase ruim. Mas daqui a pouco isso vira. A coisa é cíclica, quando a gente menos espera estoura um daqueles escândalos que dá matéria para um ano. Está tudo podre, no ponto, é só esperar.

Antes de estourar me mandaram embora.

Só tem pequeno comerciante matando sócio, pequeno bandido matando pequeno comerciante, polícia matando pequeno bandido. Coisas pequenas, eu disse a Oswaldo Peçanha, editor--chefe e proprietário do jornal *Mulher*.

Tem também meningite, esquistossomose, doença de Chagas, disse Peçanha.

Mas fora da minha área, eu disse.

Você já leu *Mulher*?, Peçanha perguntou.

Admiti que não. Gosto mais de ler livros.

Peçanha tirou uma caixa de charutos de dentro da gaveta e me ofereceu um. Acendemos os charutos. Em pouco tempo o ambiente ficou irrespirável. Os charutos eram ordinários, estávamos no verão, de janelas fechadas, e o aparelho de ar-condicionado não funcionava bem.

Mulher não é uma dessas publicações coloridas para burguesas que fazem regime. É feita para a mulher da classe C, que come arroz com feijão e se ficar gorda azar o dela. Dá uma olhada.

Peçanha jogou na minha frente um exemplar do jornal. Formato tabloide, manchetes em azul, algumas fotos fora de foco. Fotonovela, horóscopo, entrevistas com artistas da televisão, corte e costura.

Você acha que poderia fazer a seção *De mulher para mulher*, o nosso consultório sentimental? O cara que fazia se despediu.

De mulher para mulher era assinada por uma tal Elisa Gabriela. *Querida Elisa Gabriela, meu marido chega toda noite embriagado e...*

Acho que posso, eu disse.

Ótimo. Começa hoje. Que nome você quer usar?

Pensei um pouco.

Nathanael Lessa.

Nathanael Lessa?, disse Peçanha, surpreendido e chocado, como se eu tivesse dito um nome feio, ou ofendido a mãe dele.

O que é que tem? É um nome como outro qualquer. E estou prestando duas homenagens.

Peçanha deu baforadas no charuto, irritado.

Primeiro, não é um nome como outro qualquer. Segundo, não é nome da classe C. Aqui só usamos nomes do agrado da classe C, nomes bonitos. Terceiro, o jornal só homenageia quem eu quero e eu não conheço nenhum Nathanael Lessa, e finalmente — a irritação de Peçanha aumentara gradativamente, como se ele estivesse tirando um certo proveito dela — aqui, ninguém, nem mesmo eu, usa pseudônimo masculino. Meu nome é Maria de Lourdes!

Dei outra olhada no jornal, inclusive no expediente. Só tinha nome de mulher.

Você não acha que um nome masculino dá mais credibilidade às respostas? Pai, marido, médico, sacerdote, patrão — só tem homem dizendo o que elas devem fazer. Nathanael Lessa pega melhor do que Elisa Gabriela.

É isso mesmo que eu não quero. Aqui elas se sentem donas do seu nariz, confiam na gente, como se fôssemos todas comadres. Estou há vinte e cinco anos nesse negócio. Não me venha com teorias não comprovadas. *Mulher* está revolucionando a imprensa brasileira, é um jornal diferente que não dá notícias velhas da televisão de ontem.

Ele estava tão irritado que não perguntei ao que *Mulher* se propunha. Cedo ou tarde ele me diria. Eu apenas queria o emprego.

Meu primo, Machado Figueiredo, que também tem vinte e cinco anos de experiência, no Banco do Brasil, costuma dizer que está sempre aberto a teorias não comprovadas. Eu sabia que *Mulher* devia dinheiro ao banco. E em cima da mesa de Peçanha estava uma carta de recomendação de meu primo.

Ao ouvir o nome de meu primo, Peçanha empalideceu. Deu uma mordida no charuto para se controlar, depois fechou a boca, parecendo que ia assobiar, e os seus lábios gordos tremeram como se ele tivesse um grão de pimenta na língua. Em seguida arreganhou a boca e bateu com a unha do polegar nos dentes sujos de nicotina, enquanto me olhava de maneira que ele devia considerar cheia de significações.

Eu podia acrescentar dr. ao meu nome. Dr. Nathanael Lessa.

Raios! Está bem, está bem, rosnou Peçanha entre dentes, você começa hoje.

Foi assim que passei a fazer parte da equipe de *Mulher*.

Minha mesa ficava perto da mesa de Sandra Marina, que assinava o horóscopo. Sandra era também conhecida como Marlene Kátia, ao fazer entrevistas. Era um rapaz pálido, de longos e ralos bigodes, também conhecido como João Albergaria Duval. Saíra há pouco tempo da escola de comunicação e vivia se lamentando, por que não estudei odontologia, por quê?

Perguntei a ele se alguém trazia as cartas dos leitores na minha mesa. Ele me disse para falar com Jacqueline, na expedição. Jacqueline era um crioulo grande de dentes muito brancos.

Pega mal eu ser o único aqui dentro que não tem nome de mulher, vão pensar que eu sou bicha. As cartas? Não tem carta nenhuma. Você acha que mulher da classe C escreve cartas? A Elisa inventava todas.

Prezado dr. Nathanael Lessa. Eu arranjei uma bolsa de estudos para minha filha de dez anos, numa escola grã-fina da zona sul. Todas as coleguinhas dela vão ao cabeleireiro, pelo menos uma vez por semana. Nós não temos dinheiro para isso, meu marido é motorista de ônibus da linha Jacaré—Caju, mas disse que vai trabalhar extraordinário para mandar Tânia Sandra, a nossa filhinha, ao cabeleireiro. O senhor não acha que os filhos merecem todos os sacrifícios? Mãe Dedicada. Vila Kennedy.

Resposta: Lave a cabeça da sua filhinha com sabão de coco e coloque papelotes nela. Fica igual ao cabeleireiro. De qualquer maneira, sua filha não nasceu para ser bonequinha. Aliás, nem a filha de ninguém. Pega o dinheiro do extraordinário e compra outra coisa mais útil. Comida, por exemplo.

Prezado dr. Nathanael Lessa. Sou baixinha, gordinha e tímida. Sempre que vou na feira, no armazém, na quitanda, eles me passam para trás. Me enganam no peso, no troco, o feijão está bichado, o fubá bolorento, coisas assim. Eu costumava sofrer muito, mas agora estou resignada. Deus está de olho neles e no juízo final eles vão pagar. Doméstica Resignada. Penha.

Resposta: Deus não está de olho em ninguém. Quem tem que se defender é você mesma. Sugiro que você grite, ponha a boca no mundo, faça escândalo. Você não tem nenhum parente na polícia? Bandido também serve. Te vira, gordinha.

Prezado dr. Nathanael Lessa. Tenho vinte e cinco anos, sou datilógrafa e virgem. Encontrei esse rapaz que disse que me ama muito. Ele trabalha no Ministério dos Transportes e disse que quer casar comigo, mas que primeiro quer experimentar. O que achas? Virgem Louca. Parada de Lucas.

Resposta: Olha aqui, Virgem Louca, pergunta pro cara o que ele vai fazer se não gostar da experiência. Se ele disser que te chuta, dá pra ele, pois é um homem sincero. Tu não és groselha nem ensopadinho de jiló para ser provada, mas homens sinceros existem poucos, vale a pena tentar. Fé e pé na tábua.

Fui almoçar.

Na volta Peçanha mandou me chamar. Estava com a minha matéria na mão.

Tem qualquer coisa aqui que eu não gosto, ele disse.

O quê?, perguntei.

Ah! Meu Deus! a ideia que as pessoas fazem da classe C, exclamou Peçanha, balançando a cabeça pensativamente, enquanto olhava para o teto e fazia a boca de assobio. Quem gosta de ser tratada a palavrões e pontapés são as mulheres da classe A. Lembre-se daquele lorde inglês que disse que o seu sucesso com as mulheres era porque ele tratava as ladies como putas e as putas como ladies.

Está bem. Então como devo tratar as nossas leitoras?

Não me venha com dialéticas. Não quero que trate elas como putas. Esquece o lorde inglês. Ponha alegria, esperança, tranquilidade e segurança nas cartas, é isso que eu quero.

Dr. Nathanael Lessa. Meu marido morreu e me deixou uma pensão muito pequena, mas o que me preocupa é estar só, aos cinquenta e cinco anos de idade. Pobre, feia, velha e morando longe, tenho medo do que me espera. Solitária de Santa Cruz.

Resposta: Grave isto em seu coração, Solitária de Santa Cruz: nem dinheiro, nem beleza, nem mocidade, nem um bom endereço dão felicidade. Quantos jovens ricos e belos se matam ou se perdem nos horrores do vício? A felicidade está dentro de nós, em nossos corações. Se formos justos e bons, encontraremos a felicidade. Seja boa, seja justa, ame o próximo como a si mesma, sorria para o tesoureiro do INPS, quando for receber a sua pensão.

No dia seguinte Peçanha me chamou e perguntou se eu podia também escrever a fotonovela. Nós produzimos as nossas próprias fotonovelas, não é fumetti italiano traduzido. Escolha um nome.

Escolhi Clarice Simone, eram outras duas homenagens, mas não disse isso ao Peçanha.

O fotógrafo das novelas veio falar comigo.

Meu nome é Mônica Tutsi, ele disse, mas pode me chamar de Agnaldo. Estás com a papa pronta?

Papa era a novela. Expliquei para ele que acabara de receber a incumbência de Peçanha e que precisava de pelo menos dois dias para escrever.

Dias? ha, ha, gargalhou ele, fazendo o som de um cachorro grande, rouco e domesticado, latindo pro dono.

Qual é a graça?, perguntei.

Norma Virgínia escrevia a novela em quinze minutos. Ele tinha uma fórmula.

Eu também tenho uma fórmula. Dá uma volta e aparece daqui a quinze minutos que você terá a sua novela pronta.

Esse fotógrafo idiota pensava de mim o quê? Só porque tinha sido repórter de polícia isso não significava que eu era um bestalhão. Se Norma Virgínia, ou lá qual fosse o nome dele, escrevia uma novela em quinze minutos, eu também escreveria. Afinal li todos os trágicos gregos, os ibsens, os o'neals, os becketts, os tchekhovs, os shakespeares, as four hundred best television plays. Era só chupar uma ideia aqui, outra ali, e pronto.

Um menino rico é roubado pelos ciganos e dado por morto. O menino cresce pensando que é um cigano verdadeiro. Um dia ele encontra uma moça riquíssima e os dois se apaixonam. Ela mora numa rica mansão e tem muitos automóveis. O ciganinho mora numa carroça. As duas famílias não querem que eles se casem. Surgem conflitos. Os milionários mandam a polícia prender os ciganos. Um dos ciganos é morto pela polícia. Um primo rico da moça é assassinado pelos ciganos. Mas o amor dos dois jovens apaixonados é maior do que todas essas vicissitudes. Eles resolvem fugir, romper com as famílias. Na fuga encontram um monge piedoso e sábio que sacramenta a união dos dois em um antigo, pitoresco e romântico convento no meio de um bosque florido. Os dois jovens se retiram para a câmara nupcial. Eles são lindos, esbeltos, louros de olhos azuis. Tiram a roupa. Oh, diz a moça, que cordão de ouro com medalha cravejada de brilhantes é esse que tens no peito? Ela tem uma medalha igual! Eles são irmãos! Tu és o meu irmão desaparecido!, grita a moça. Os dois se abraçam. (Atenção, Mônica Tutsi; que tal um final ambíguo? fazendo aparecer na cara dos dois um êxtase não fraternal, hein? Posso também mudar o final e torná-lo mais sofocliano: os dois só descobrem que são irmãos depois do fato consumado; desesperada, a moça pula da janela do convento se arrebentando lá embaixo.)

Gostei da tua história, disse Mônica Tutsi.

Uma pitada de Romeu e Julieta, uma colherzinha de Édipo Rei, eu disse modestamente.

Mas não dá para eu fotografar, garoto. Tenho que fazer tudo em duas horas. Onde vou arranjar a mansão rica? Os automóveis? O convento pitoresco? O bosque florido?

Esse problema é seu.

Onde vou arranjar, continuou Mônica Tutsi, como se não tivesse me ouvido, os dois jovens louros esbeltos de olhos azuis? Nossos artistas são todos meio para o mulato. Onde vou arranjar a carroça? Faz outra, garoto. Volto daqui a quinze minutos. E o que é sofocliano?

Roberto e Betty estão noivos e vão se casar. Roberto, que é muito trabalhador, economizou dinheiro para comprar um apartamento e mobiliá-lo, com televisão em cores, aparelho de som, geladeira, máquina de lavar roupa, enceradeira, liquidificador, batedeira, máquina de lavar pratos, torradeira, ferro elétrico e secador de cabelos. Betty também trabalha. Ambos são castos. O casamento é marcado. Um amigo de Roberto, Tiago, pergunta a ele, vais casar virgem? Precisas ser iniciado nos mistérios do sexo. Tiago, então, leva Roberto na casa da Superputa Betatron. (Atenção, Mônica Tutsi, o nome é uma pitada de ficção científica.) Quando Roberto chega lá verifica que a Superputa é Betty, sua noivinha. Oh! céus! surpresa terrível! Alguém dirá, talvez um porteiro, crescer é sofrer! Fim da novela.

Uma palavra vale mil fotografias, disse Mônica Tutsi, estou sempre na banda podre. Daqui a pouco eu volto.

Dr. Nathanael. Gosto de cozinhar. Gosto muito também de bordar e fazer crochê. E acima de tudo gosto de colocar um vestido longo de baile, pintar os meus lábios de batom carmesim, botar bastante ruge, passar rímel nos olhos. Ah, que sensação! É pena que eu tenha que ficar trancado no meu quarto. Ninguém sabe que eu gosto de fazer essas coisas. Estou errado? Pedro Redgrave. Tijuca.

Resposta: Errado por quê? Você está fazendo mal a alguém com isso? Já tive outro consulente que, como você, também gostava de se vestir de mulher. Ele levava uma vida normal, produtiva e útil à sociedade, tanto que chegou a ser operário-padrão. Vista seus vestidos longos, pinte sua boca de escarlate, ponha cor na sua vida.

Todas as cartas devem ser de mulheres, advertiu Peçanha.

Mas essa é verdadeira, eu disse.

Não acredito.

Entreguei a carta a Peçanha. Ele a olhou fazendo a cara de um tira examinando uma nota grosseiramente falsificada.

Você acha que é uma brincadeira?, perguntou Peçanha.

Pode ser, eu disse. E pode não ser.

Peçanha fez a sua cara reflexiva. Depois:

Acrescente na sua carta uma frase animadora, como, por exemplo, escreva sempre.

Sentei na máquina:

Escreva sempre, Pedro, sei que esse não é o seu nome, mas não importa, escreva sempre, conte comigo. Nathanael Lessa.

Porra, disse Mônica Tutsi, fui fazer o teu dramalhão e me disseram que é chupado de um filme italiano.

Canalhas, súcia de babões, só porque fui repórter de polícia estão me chamando de plagiário.

Calma, Virgínia.

Virgínia? Meu nome é Clarice Simone, eu disse. Que coisa mais idiota é essa de pensar que só as noivas dos italianos são putas? Pois olha, eu já conheci uma noiva daquelas sérias mesmo, era até freira de caridade, e foram ver, também era puta.

Tá bem, garoto, vou fotografar a história. A Betatron pode ser mulata? O que é Betatron?

Tem que ser ruiva, sardenta. Betatron é um aparelho para a produção de elétrons, dotado de grande potencial energético e alta velocidade, impulsionado pela ação de um campo magnético que varia rapidamente, eu disse.

Porra! Isso é que é nome de puta, disse Mônica Tutsi, com admiração, retirando-se.

Compreensivo Nathanael Lessa. Tenho usado gloriosamente os meus vestidos longos. E minha boca tem sido vermelha como o sangue de um tigre e o romper da aurora. Estou pensando em colocar um vestido de cetim e ir ao Teatro Municipal. O que achas? E agora vou lhe contar uma grande e maravilhosa confidência, mas quero que faças o maior segredo de minha confissão. Juras? Ah, não sei se digo ou se não digo. Toda a minha vida tenho sofrido as maiores desilusões por acreditar nos outros. Sou basicamente uma pessoa que não perdeu a sua inocência. A perfídia, a boçalidade, o despudor, a calhordice me deixam muito chocada. Oh, como gostaria de viver isolada num mundo utópico feito de amor e bondade. Meu sensível Nathanael, deixe-me pensar. Dê-me tempo. Na próxima carta contarei mais, talvez tudo. Pedro Redgrave.

Resposta: Pedro. Aguardo tua carta, com os teus segredos, que prometo guardar nos arcanos invioláveis da minha recôndita consciência. Continue assim, enfrentando altaneiro a inveja e a insidiosa aleivosia dos pobres de espírito. Adorne o seu corpo sequioso de sensualidade, exercendo os desafios de sua mente corajosa.

Peçanha perguntou:

Estas cartas são verdadeiras também?

As de Pedro Redgrave são.

Estranho, muito estranho, disse Peçanha batendo com as unhas nos dentes, o que é que você acha?

Não acho nada, eu disse.

Ele parecia preocupado com alguma coisa. Fez perguntas sobre a fotonovela, sem porém se interessar pelas respostas.

Que tal a carta da ceguinha?, perguntei.

Peçanha pegou a carta da ceguinha e a minha resposta e leu em voz alta: Querido Nathanael. Eu não posso ler o que você escreve. Minha avozinha adorada lê para mim. Mas não pense que eu sou analfabeta. Eu sou é ceguinha. Minha querida avozinha está escrevendo a carta para mim, mas as palavras são minhas. Quero enviar uma palavra de conforto aos seus leitores, para que eles, que sofrem tanto com pequenas desgraças, se mirem no meu espelho. Sou cega mas sou feliz, estou em paz, com Deus e com os meus semelhantes. Felicidades para todos. Viva o Brasil e o seu povo. Ceguinha Feliz. Estrada do Unicórnio, Nova Iguaçu. P.S. Esqueci de dizer que também sou paralítica.

Peçanha acendeu um charuto. Comovente, mas estrada do Unicórnio soa falso. Acho melhor você colocar estrada do Catavento, ou coisa assim. Vejamos agora sua resposta. Ceguinha Feliz, parabéns por sua força moral, por sua fé inquebrantável na felicidade, no bem, no povo e no Brasil. As almas daqueles que se desesperam na adversidade deviam se nutrir do seu edificante exemplo, um facho de luz nas noites de tormenta.

Peçanha me devolveu os papéis. Você tem futuro na literatura. Isto aqui é uma grande escola. Aprenda, aprenda, seja dedicado, não esmoreça, sue a camisa.

Sentei na máquina:

Tésio, bancário, morador na Boca do Mato, em Lins de Vasconcelos, casado em segundas núpcias com Frederica, tem um filho, Hipólito, do primeiro matrimônio. Frederica se apaixona por Hipólito. Tésio descobre o amor pecaminoso entre os dois. Frederica se enforca no pé de manga do quintal da casa. Hipólito pede perdão ao pai, foge de casa e vagueia desesperado pelas ruas da cidade cruel até ser atropelado e morto na avenida Brasil.

Qual o tempero aqui?, perguntou Mônica Tutsi.

Eurípides, pecado e morte. Vou te contar uma coisa: eu conheço a alma humana e não preciso de nenhum grego velho para me inspirar. Para um homem da minha inteligência e sensibilidade basta olhar em volta. Olhe bem para os meus olhos. Você já viu pessoa mais alerta, mais acordada?

Mônica Tutsi olhou bem para os meus olhos e disse:

Acho que você está é maluco.

Continuei:

Cito os clássicos apenas para mostrar o meu conhecimento. Como fui repórter de polícia, se não fizer isso os cretinos não me respeitam. Li milhares de livros. Quantos livros você acha que Peçanha já leu?

Nenhum. A Frederica pode ser preta?

Boa ideia. Mas o Tésio e o Hipólito têm que ser brancos.

Nathanael. Eu amo, um amor proibido, um amor interdito, um amor secreto, um amor escondido. Eu amo outro homem. E ele também me ama. Mas não podemos andar na rua de mãos dadas, como os outros, trocar beijos nos jardins e nos cinemas, como os outros, deitar abraçados nas areias das praias, como os outros, dançar nas boates, como os outros. Não podemos nos casar, como os outros, e juntos enfrentar a velhice, a doença e a morte, como os outros. Não tenho forças para resistir e lutar. É melhor morrer. Adeus. Esta é a minha última carta. Mande rezar uma missa para mim. Pedro Redgrave.

Resposta: Que é isso, Pedro? Vai desistir agora, que encontrou o seu amor? Oscar Wilde sofreu o diabo, foi esculhambado, ridicularizado, humilhado, processado, condenado, mas aguentou a barra. Se você não pode se casar, se amasie. Façam testamento um para o outro. Defendam-se. Usem a lei e o sistema em seu benefício. Sejam, como os outros, egoístas, dissimulados, implacáveis, intolerantes e hipócritas. Explorem. Espoliem. É legítima defesa. Mas, por favor, não faça nenhum gesto tresloucado.

Mandei a carta e a resposta para Peçanha. As cartas só eram publicadas com o visto dele.

Mônica Tutsi apareceu com uma garota.

Esta é Mônica, disse Mônica Tutsi.

Que coincidência, eu disse.

Que coincidência o quê?, perguntou a garota Mônica.

Vocês terem o mesmo nome, eu disse.

Ele se chama Mônica?, perguntou Mônica apontando o fotógrafo.

Mônica Tutsi. Você também é Tutsi?

Não. Mônica Amélia.

Mônica Amélia ficou roendo uma unha e olhando para Mônica Tutsi.

Você me disse que o seu nome era Agnaldo, ela disse.

Lá fora eu sou Agnaldo. Aqui dentro eu sou Mônica Tutsi.

Meu nome é Clarice Simone, eu disse.

Mônica Amélia nos observou atentamente, sem entender nada. Via duas pessoas circunspectas, cansadas demais para brincadeiras, desinteressadas do próprio nome.

Quando me casar meu filho, ou minha filha, vai se chamar Hei Psiu, eu disse.

É um nome chinês?, perguntou Mônica.

Ou então Fiu Fiu, eu assobiei.

Estás virando niilista, disse Mônica Tutsi, retirando-se com a outra Mônica.

Nathanael. Sabe o que é duas pessoas se gostarem? Éramos nós dois, eu e Maria. Sabe o que é duas pessoas perfeitamente sintonizadas? Éramos nós, eu e Maria. Meu prato predileto é arroz, feijão, couve à mineira, farofa e linguiça frita. Imagina qual era o de Maria? Arroz, feijão, couve à mineira, farofa e linguiça frita. Minha pedra preciosa preferida é o Rubi. O de Maria, estás a ver, era também o Rubi. Número da sorte o 7, cor o Azul, dia Segunda-Feira, filme, de Faroeste, livro *O pequeno príncipe*, bebida Chope, colchão o Anatom, clube o Vasco da Gama, música o Samba, passatempo o Amor, tudo igualzinho entre eu e ela, uma maravilha. O que nós fazíamos na cama, rapaz, não é para me gabar, mas se fosse no circo e a gente cobrasse entrada nós ficávamos ricos. Na cama nenhum casal jamais foi tomado de tamanha loucura resplandecente, foi capaz da performance tão hábil, imaginativa, original, pertinaz, esplendorosa e gratificante quanto a nossa. E repetíamos várias vezes por dia. Mas não era apenas isso que nos ligava. Se você não tivesse uma perna eu continuaria te amando, me dizia ela. Se você fosse corcunda eu não deixaria de te amar, eu respondia. Se você fosse surdo-mudo eu continuaria te amando, dizia ela. Se você fosse vesga eu não deixaria de te amar, eu respondia. Se você fosse barrigudo e feio eu continuaria te amando, dizia ela. Se você fosse toda marcada de varíola eu não deixaria de te amar, eu respondia. Se você fosse velho e impotente eu continuaria te amando, ela dizia. E nós estávamos trocando essas juras quando uma vontade de ser verdadeiro bateu em mim, funda como uma punhalada, e eu perguntei a ela, e se eu não tivesse dentes, você me amaria?, e ela respondeu, se você não tivesse dentes eu continuaria te amando. Então eu tirei a minha dentadura e botei em cima da cama, num gesto grave, religioso e metafísico. Ficamos os dois olhando para a dentadura em cima do lençol, até que Maria se levantou, colocou um vestido e disse, vou comprar cigarros. Até hoje não voltou. Nathanael, me explica o que foi que aconteceu. O amor acaba de repente? Alguns dentes, míseros pedacinhos de marfim, valem tanto assim? Odontos Silva.

Quando eu ia responder, surgiu Jacqueline e disse que o Peçanha estava me chamando.

Na sala de Peçanha estava um homem de óculos e cavanhaque.

Este aqui é o dr. Pontecorvo, que é — o que que o senhor é mesmo?, perguntou Peçanha.

Pesquisador motivacional, disse Pontecorvo. Como eu ia dizendo, primeiro nós fazemos um levantamento das características do universo que estamos pesquisando. Por exemplo: quem é o leitor de *Mulher*? Vamos supor que é mulher e da classe C. Em nossas pesquisas anteriores já levantamos tudo sobre a mulher da classe C, onde ela compra seus alimentos, quantas calcinhas ela tem, a que horas faz o amor, a que horas vê televisão, os programas de televisão que assiste, em suma um perfil completo.

Quantas calcinhas ela tem?, perguntou Peçanha.

Três, respondeu Pontecorvo, sem vacilar.

A que horas ela faz o amor?

Às vinte e uma e trinta, respondeu Pontecorvo prontamente.

E como é que vocês descobrem tudo isto? Vocês batem na porta da dona Aurora, no conjunto habitacional do INPS, ela abre a porta e vocês dizem, bom dia dona Aurora, a que horas a senhora dá a sua trepadinha? Olha aqui, meu amigo, eu estou há vinte e cinco anos neste negócio e não preciso de ninguém para me dizer qual é o perfil da mulher da classe C. Eu sei por experiência própria. Elas compram o meu jornal, entendeu? Três calcinhas... Ha!

Usamos métodos científicos de pesquisa. Temos sociólogos, psicólogos, antropólogos, estatísticos e matemáticos em nosso staff, disse Pontecorvo, imperturbável.

Tudo para tirar dinheiro dos ingênuos, disse Peçanha com indisfarçável desprezo.

Aliás, antes de vir para cá, coligi algumas informações sobre o seu jornal, que acredito sejam do seu interesse, disse Pontecorvo.

E quanto custa?, perguntou Peçanha com sarcasmo.

Esta eu lhe dou de graça, disse Pontecorvo. O homem parecia feito de gelo. Nós fizemos uma minipesquisa sobre os seus leitores e, apesar do tamanho reduzido da amostra, posso lhe assegurar, sem sombra de dúvida, que a grande maioria, a quase totalidade dos seus leitores é composta de homens, da classe B.

O quê?, gritou Peçanha.

Isso mesmo, homens, da classe B.

Primeiro Peçanha ficou pálido. Depois foi ficando vermelho, e depois arroxeado, como se estivesse sendo estrangulado, a boca aberta, os olhos arregalados, e levantou-se da sua cadeira e caminhou cambaleante, os braços abertos, como um gorila doido em direção a Pontecorvo. Uma visão chocante, até mesmo para um homem de aço, como Pontecorvo, até mesmo para um ex-repórter de polícia. Pontecorvo recuou ante o avanço de Peçanha até que, com as costas na parede, disse, tentando manter a calma e a compostura: Talvez os nossos técnicos tenham se enganado.

Peçanha, que estava a um centímetro de Pontecorvo, teve um violento tremor e, ao contrário do que eu esperava, não se atirou sobre o outro como um cão danado. Agarrou os próprios cabelos com força e começou a arrancá-los, enquanto gritava, farsantes, vigaristas, ladrões, aproveitadores, mentirosos, canalhas. Pontecorvo, agilmente, escapuliu em direção à porta. Peçanha correu atrás dele atirando-lhe os tufos de cabelo que arrancara da própria cabeça. Homens! Homens! Classe B!, rosnava Peçanha com ar aloprado.

Depois, já tudo serenado — creio que Pontecorvo fugiu pelas escadas —, Peçanha, novamente sentado atrás de sua escrivaninha, me disse: É a esse tipo de gente que o Brasil está entregue, manipuladores de estatísticas, falsificadores de informações, empulhadores com seus computadores, todos criando a Grande Mentira. Mas comigo eles não têm vez. Coloquei o sacripanta em seu lugar, não coloquei?

Eu disse qualquer coisa, concordando. Peçanha tirou a caixa de mata-ratos da gaveta e me ofereceu um. Ficamos fumando e conversando sobre a Grande Mentira. Depois ele me deu a carta do Pedro Redgrave e a minha resposta, com o visto dele, para eu levar para a composição.

No meio do caminho verifiquei que a carta do Pedro Redgrave não era aquela que eu havia enviado para ele. O texto era outro:

Prezado Nathanael, tua carta foi um bálsamo para o meu coração aflito. Deu-me forças para resistir. Não farei nenhum gesto tresloucado, prometo que...

A carta terminava aí. Tinha sido interrompida no meio. Estranho. Não entendi. Havia algo de errado.

Fui para minha mesa, sentei, e comecei a escrever a resposta ao Odontos Silva:

Quem não tem dentes também não tem dor de dentes. E como disse o herói da conhecida peça *Papo furado*, nunca houve um filósofo que pudesse aguentar com paciência uma dor de dentes. Além do mais, os dentes são também instrumentos de vingança, como diz o Deuteronômio: olho por olho, dente por dente, mão por mão, pé por pé. Dentes são desprezados pelos ditadores. Lembra-se do que Hitler disse para Mussolini sobre um novo encontro com Franco?: Prefiro arrancar quatro dentes. Você teme estar na situação do herói daquela peça *Tudo legal se no fim ninguém se ferra* — sem dentes, sem gosto, sem tudo. Conselho: ponha os dentes novamente e morda. Se a dentada não for boa, dê murros e pontapés.

Eu estava no meio da carta do Odontos Silva quando entendi tudo. Peçanha era Pedro Redgrave. Em vez de me dar de volta a carta em que Pedro me pedia para mandar rezar uma missa e que eu havia lhe entregado junto com a minha resposta falando sobre Oscar Wilde, Peçanha me entregara uma nova carta, inacabada, certamente por engano, e que deveria chegar às minhas mãos pelo correio.

Peguei a carta de Pedro Redgrave e fui até a sala de Peçanha.

Posso entrar?, perguntei.

O que é? Entre, disse Peçanha.

Entreguei a ele a carta de Pedro Redgrave. Peçanha leu a carta e percebendo o engano que havia cometido empalideceu, como era do seu feitio. Nervoso, mexeu nos papéis sobre a sua mesa.

Era tudo uma brincadeira, disse depois, tentando acender um charuto. Você está aborrecido?

A sério ou a brincadeira, para mim tanto faz, eu disse.

Minha vida dá um romance..., disse Peçanha. Isto fica entre nós dois, está certo?

Eu não sabia bem o que ele queria que ficasse entre nós dois, a vida dele dar um romance ou ele ser o Pedro Redgrave. Mas respondi:

Claro, só entre nós dois.

Obrigado, disse Peçanha. E soltou um suspiro que cortaria o coração de qualquer outro que não fosse um ex-repórter de polícia.

ABRIL, NO RIO, EM 1970

Tudo começou quando o cara que sentou perto de mim na grama disse, olha só o cuspe do Gérson. Na hora eu não dei importância, eu tinha feito misérias para chegar até ali, mas a minha cabeça estava no jogo de domingo e eu não ligava as coisas umas com as outras. O jogo de domingo ia ser assistido pelo Jair da Rosa Pinto, técnico do Madureira, que já foi cracão do escrete, e uma coisa lá dentro me dizia, Zé, vai ser a chance da sua vida. Eu disse pra minha garota, que era datilógrafa da firma, não fico de contínuo nem mais um mês, disse também que o Jair da Rosa Pinto ia me ver no domingo, mas mulher é um bicho gozado, ela nem deu bola. Me larga, deixa eu te contar. Levantei da cama, expliquei, porra, se eu jogar bem e o Jair da Rosa Pinto me levar para o Madureira, estou feito, ninguém me segura, mas ela me puxou de novo pra cama e foi aquela loucura, minha garota é fogo.

O cara se chamava Braguinha. Olha o cuspe do Gérson, ele disse, no segundo tempo do treino. Braguinha tinha chegado no intervalo, todo mundo conhecia ele; diziam, ô Braguinha, que que você está achando? e ele respondia, vamos estraçalhar os gringos. Eu balançava a cabeça e ria pra ele, concordando. Estava querendo me enturmar, eu era penetra e não queria ser posto para fora, era só olhar para mim que os caras viam que o meu lugar era outro, nem como repórter eu podia passar.

Fiquei de olho no Gérson. Jogador de futebol vive cuspindo. Ele passou perto, deu um daqueles passes de trinta metros e cuspiu. Viu? Limpo, transparente, cristalino. Sabe o que é isso?, perguntou Braguinha. Fiquei na dúvida, será que ele estava esculhambando o Gérson? Está cheio de nego aí que não topa o Gérson, que que eu ia dizer? Fiquei calado, balancei a cabeça e o Braguinha mesmo respondeu, preparo físico, menino, preparo físico, pra cuspir assim o cara tem que estar tinindo. Vamos estraçalhar os gringos.

O Braguinha me contou que eles treinavam todos os dias e não viam mulher, nem as próprias; não tem nada de Rose não, Jairzinho não bota o pé na Mangueira, o Paulo César não passa na porta do Lebatô, os caras estão levando o negócio a sério. Mulher, nem a mãe.

Eu já tinha ouvido falar nessa coisa de que mulher acaba com o cara e nunca acreditei, mas naquele dia, não sei por quê, comecei a achar que era aquilo mesmo e perguntei ao Braguinha, o senhor é médico? e ele respondeu, não, não sou médico mas estou por dentro, já vi futebol de garoto de dezoito anos acabar por causa de mulher. Porra, dezoito anos é a minha idade. Vê o cuspe do Tostão, ele está meio fodido, o troço no olho, parou seis meses, vê só o cuspe dele. O Tostão passou perto e cuspiu uma bolota de goma branca. Parece marshmellow, disse Braguinha, ele está trinta por cento, mas quando chegar no ponto vai cuspir um jatinho de água filtrada igual o Canhotinha de Ouro. Era assim que chamavam o Gérson.

Quando o treino acabou os grã-finos cercaram os jogadores. Era um lugar bacana, de jogar polo, aquele jogo que o cara monta num cavalo e fica dando paulada numa bolinha. Tinha um gramado que não acabava mais e umas mulheres diferentes da Nely, a minha garota. Não que a Nely seja de jogar fora, mas aquelas mulheres eram diferentes, acho que eram as roupas, a maneira de falar, de andar, cheguei a esquecer os jogadores, nunca tinha visto mulheres iguais. Acho que elas não andavam pelas ruas da cidade, andavam a cavalo ali, escondidas, só os bacanas viam. Aquilo é que era vida, fiquei vendo a piscina, o gramado, os garçons levando bebidas e comidinhas pra lá e pra cá, tudo calmo, tudo limpinho, tudo bonito.

Não eram as roupas, eram os cabelos e o cheiro, essas eram as diferenças entre Nely e as moças que andavam a cavalo, pensei enquanto vinha pela estrada fazendo exercício, correndo até o ponto de ônibus da Rocinha; eram os cabelos e o cheiro, e as roupas, puxa vida, eu queria ter uma mulher daquelas, mas o cara pra ter uma mulher daquelas tinha que ser no mínimo da seleção. Eu tinha que comer a bola no domingo, do Madureira para a seleção, bola com Zezinho, é goool! A multidão gritava dentro da minha cabeça.

Nely morava num apartamento de sala e quarto na praia de Botafogo, com uma colega que sabia do nosso caso, uma moça meio corcunda chamada Margarida, muito boazinha; quando eu ia dormir com a Nely ela ia pra sala, deitava no sofá e fingia não ouvir a gemeção dentro do quarto.

Você não gosta mais de mim, disse Nely, faço uma macarronada, você come e agora quer se mandar dizendo que vai para casa dormir. Que história é essa? Você pensa que eu sou boba?

Eu não queria dizer a ela que estava pensando no cuspe do Gérson, pensando no jogo de domingo, e disse, eu não estou me sentindo bem, acho que estou doente, nem sei se dá pra jogar amanhã.

Não está se sentindo bem, gritou Nely, e comeu dois quilos de macarrão? Você pensa que eu sou idiota?

Acho que foi o macarrão, me encheu demais.

Te encheu demais? Seu burro, então por que você está comendo esse pão?, perguntou Nely.

Eu nem tinha percebido que estava comendo pão, eu estava mesmo com a cabeça noutro lugar. Nely virou para a Margarida, que tinha jantado com a gente, e perguntou, Margarida, você acha que alguém pode acreditar no que ele está dizendo? Não sei, disse Margarida, saindo apressada da mesa.

Você vai se encontrar com outra mulher, disse Nely. A cara ossuda dela, os lábios grossos foram me dando vontade, fiquei naquela base, cheguei a dar um passo para perto dela, mas pensei no cuspe do Gérson, o jato transparente entre os dentes, e disse, eu gosto de você, meu bem, mas vê se me entende, hoje não, vê se me entende, hoje não, amanhã de noite. Eu juro pela minha mãe que não vou encontrar nenhuma mulher.

Você não tem mãe!, gritou Nely, espatifando um prato no chão.

Era verdade. Eu não tinha mãe, não conheci minha mãe, mas só jurava pela mãe e a Nely sabia disso. Era um hábito.

Eu vou dizer a verdade, eu não estou doente, mas amanhã o Jair da Rosa Pinto, do Madureira, vai ver o jogo, se eu jogar bem ele me leva pra fazer um teste, eu preciso estar em forma, vê se entende, eu disse.

Mentiroso, você vai se encontrar com outra mulher!

Não vou, juro por minha... palavra de honra, um cara me disse ontem, um cara que está por dentro, que o atleta não pode andar com mulheres na véspera do jogo. Tive vontade de dizer mais, com uma igual você então nem se fala, você me deixa no osso, é a noite inteira, sem parar, mas fiquei com medo que ela quebrasse outro prato na minha cabeça.

Fui andando em direção à porta. Nely me abraçou, me soltei do abraço, não dá pé, hoje não dá pé, amanhã de noite eu venho aqui.

Se você for embora não precisa voltar nunca mais, exclamou Nely enfurecida. Quando ela me viu abrir a porta da rua gritou, vai, mentiroso, frouxo, debiloide, ignorante, pé-rapado!

Fui, chateado. Cheguei na pensão, deitei, fiquei um tempo enorme curtindo o esporro que ela me tinha dado. Não me incomodava de ser chamado de mentiroso, nem de frouxo, ora bolas, depois de tudo que eu fiz com ela tinha graça ser chamado de frouxo, duvido que ela arranjasse outro com mais disposição do que eu, mas ser chamado de ignorante, pé-rapado, isso doeu. Só porque era datilógrafa e cursou o ginásio ela não tinha o direito de dizer aquilo de mim, eu era órfão, minha mãe morreu quando eu nasci, meu pai era pobre, morreu logo depois, me deixando na pior, só podia acabar mesmo contínuo, ignorante, pé-rapado. Que que ela queria que eu fosse? Minha tristeza só passou quando me lembrei que o Clodoaldo também era órfão e deve ter passado pelas coisas que eu passei.

Fiquei um tempo enorme acordado, sem poder imaginar coisas boas, pensando na chance, mas sem conseguir imaginar a coisa acontecendo, as jogadas sensacionais, o povo gritando gol. Se me chamassem, eu treinava em qualquer time, do Rio, Belo Horizonte, topava o interior de São Paulo, Bahia, qualquer lugar; eu queria uma chance. A única vez que treinei num time profissional foi no São Cristóvão, num dia de chuva, o campo estava um lamaçal. Quem já viu apoiador render na lama? Joguei dez minutos, dez minutos, tinha um monte de sujeitos esperando a vez na fila, só pro meio-campo, todos na mesma aflição que eu. Depois do treino eu falei com o homem se ele queria que eu voltasse e ele disse calmamente, não, obrigado, sem se incomodar com o meu sofrimento, cagando pra mim.

Passei a manhã de domingo na cama. Almocei às onze horas, bife, arroz, salada de alface e tomate, igual a seleção em dia de jogo. Só não tinha champignon. Botei o uniforme numa maleta de plástico, chuteiras, calção branco, camisa azul, meias brancas, peguei o ônibus, saltei na Central, peguei o trem.

Seu Tião, o nosso técnico, já estava no campo. Tinha também uma porção de pessoas esperando o jogo começar. Fui pro vestiário mudar de roupa. Seu Tião reuniu a gente para dizer como é que ele queria que o time jogasse. Perguntei, o Jair da Rosa Pinto, do Madureira, já chegou? Seu Tião respondeu, o Jajá da Barra Mansa? Não sei, não vi. Olha, quando você for, o Tiago fica, Gabiru vem buscar jogo, ajudar o meio-campo. Outra coisa, cuidado com o ponta de lança deles, o tal de Jeová. Se for preciso, cacete nele.

Quando saímos do vestiário o campo já estava todo cercado de gente, em pé, pois arquibancada não tinha. Tentei ver o Jair da Rosa Pinto, não consegui, ele devia estar por ali, de olho em mim. Senti um frio no estômago. Comecei a pular, esquentando o corpo, sentindo o corpo, sentindo os músculos debaixo da pele, corri, pulei, o frio no estômago passou, que coisa boa sentir os músculos debaixo da pele.

Eles ganharam o cara ou coroa, escolheram o campo. Pirulito deu a saída, atrasando para mim, enfiei de curva para o Gabiru na ponta, mas a bola foi no pé do adversário. Corri para ver se recuperava a jogada. Enquanto eles triangulavam em cima de mim eu pensava, porra, comecei enfeitando, agora estou igual a bobo na roda, nem sei o que estou fazendo.

O primeiro tempo foi de amargar. Eu dava o primeiro combate no Jeová. Depois que ele passou duas vezes por mim eu resolvi apelar, ia direto no pé de apoio dele. Comecei a ficar nervoso, gritei pro Tião, vê se recua também, porra. O cara só queria ficar no meio do campo, jogando de armandinho, enquanto a gente se fodia ali atrás. Um minuto antes do intervalo eu dei outro cacete no Jeová. Ele se levantou, olhou pra mim e disse, que que há, meu chapa? Nós dois cuspimos ao mesmo tempo, meu cuspe saiu fino, mas o dele, filho da puta, saiu ainda mais fino. Eu cuspi raspando a boca e soprando o cuspe com força pra fora, enquanto ele, moleque safado, nem abriu a boca, com um barulhinho de traque o cuspe esguichou dos seus lábios fechados.

No vestiário seu Tião disse para mim, Zé, você precisa caprichar mais nos passes. Eu disse, pode deixar. De repente, dei um suspiro, estava sentindo uma coisa esquisita. Disse, desanimado, não era bom eu trocar de vez em quando com o Tiago? Seu Tião coçou a cabeça, não sei, acho melhor você continuar plantado na entrada da área, tática que está dando certo a gente não muda.

Botei uma toalha em cima do estrado e deitei. Não quis pensar em nada, não tinha vontade de imaginar as coisas boas que ainda iam acontecer, um dia. Fiquei calado. Só abri a boca para perguntar, alguém viu o Jair da Rosa Pinto por aí? Ninguém tinha visto.

O sol continuava forte no segundo tempo. De saída o ponta-esquerda deles foi até a linha de fundo, centrou, o Jeová subiu mais que todo mundo, deu uma cabeçada tão forte que o nosso goleiro nem viu por onde a bola entrou. Jeová saiu dando soco no ar, daquele jeito que o Pelé inventou.

Vamos virar esse placar, pessoal, eu disse para os companheiros, botando a bola debaixo do braço e correndo para o meio do campo, pra dar a saída, igual o Didi na final da copa de 58.

Não viramos. Eles é que fizeram outros gols, chutaram duas nas traves, dominaram o tempo todo. De tanto correr, fiquei no bagaço, a boca seca, não tinha coragem de cuspir pra não ver a bolota de marshmellow.

Quando o jogo acabou, ainda dentro do campo, seu Tião me disse, cabeça erguida Zé, isso acontece com todo mundo, tem dia que dá tudo errado, é assim mesmo. Eu estava tão baratinado que só naquela hora percebi que o meu jogo tinha sido uma merda, eu não tinha feito outra coisa senão correr dentro do campo igual um cabeça de bagre. Vi, de costas, Jeová conversando com um sujeito. Não dava para ver quem era. Pensei, vai ver que é o Jair da Rosa Pinto, convidando ele para treinar no Madureira. Me senti tão infeliz que não tive coragem de olhar, saber se era ou não era. Corri para o vestiário.

Fui o último a sair. Começava a escurecer. Na sombra da tarde o campo ficava ainda mais feio. Eu estava sozinho, todos tinham ido embora. Fui andando, passei por um monte de lixo, tive vontade de jogar ali a maleta com o uniforme. Mas não joguei. Apertei a maleta de encontro ao peito, senti as traves da chuteira e fui caminhando assim, lentamente, sem querer voltar, sem saber para onde ir.

BOTANDO PRA QUEBRAR

Eu estava meio fodidão sem arranjar emprego e aporrinhado por estar nas costas de Mariazinha, que era costureira e defendia uma grana curta que mal dava pra ela e a filha. De noite nem tinha mais graça na cama, ela perguntando, arranjou alguma coisa? teve mais sorte hoje? e eu me lamentando que ninguém queria empregar um sujeito com a minha folha corrida; só malandro como o Porquinho que estava a fim de eu ir apanhar pra ele uma muamba na Bolívia, mas nessa transa eu podia entrar bem, era só os homens me patolarem de novo que eu pegava uns vinte anos. E o Porquinho respondia, se tu preferes ficar rufiando a costureira, o problema é teu. O filho da puta não sabia como é que era lá dentro, nunca tendo ido em cana; foram cinco anos e quando eu pensava neles parecia que a vida inteira eu não tinha feito outra coisa, desde garotinho, senão ficar trancado no xadrez, e foi pensando nisso que eu deixei o Porquinho fazer pouco de mim na frente de dois bundas-moles, morrendo de ódio e vergonha. E nesse mesmo dia, pra mal dos meus pecados, quando chego em casa a Mariazinha me diz que quer ter uma conversa séria comigo, que a garotinha precisava de um pai e que eu ficava sem aparecer em casa, e a vida estava ruim e difícil, e que ela me pedia permissão para procurar outro homem, um trabalhador que ajudasse ela. Eu passava os dias fora, com vergonha de ver ela suando sem parar em cima da máquina de costura e eu sem dinheiro e sem emprego, e me deu vontade de quebrar a cara daquela filha da puta, mas ela tava certa e eu disse, você tá certa, e ela perguntou se eu não ia bater nela e eu disse que não, e ela perguntou se eu queria que ela fizesse alguma coisa para eu comer e eu disse que não, que estava sem fome, e tinha mesmo ficado sem fome, apesar de ter passado o dia inteiro sem ver nenhum grude.

Comecei a procurar emprego, já topando o que desse e viesse, menos complicação com os homens, mas não tava fácil. Fui na feira, fui nos bancos de sangue, fui nesses lugares que sempre dão para descolar algum, fui de porta em porta me oferecendo de faxineiro, mas tava todo mundo escabreado pedindo referências, e referências eu só tinha do diretor do presídio. A situação estava ruça, e eu quase entrando em parafuso, quando encontrei um chapa meu que tinha sido leão comigo numa boate em Copacabana e disse que conhecia um pinta que tava precisando de um cara como eu, parrudo e decidido. Eu moitei que tinha andado em cana, disse que tinha dado uns bordejos em São Paulo e agora estava de volta e ele disse, vou te levar lá agora. Chegamos na boate e o meu chapa me apresentou o dono, que perguntou, você já trabalhou nisso? Respondi que sim e ele perguntou se eu conhecia gente da polícia e eu disse que sim, só que tem que eu de um lado e eles do outro, mas isso eu não disse a ele, e o dono falou, não quero moleza, essa zona aqui é braba, e eu disse, deixa comigo, quando começo? e ele respondeu, hoje mesmo; bicha louca, crioulo e traficante não entram, entendeu?

Fui correndo para casa para dar a boa notícia pra Mariazinha e ela nem me deixou falar, foi logo dizendo que havia encontrado um homem, sujeito decente e trabalhador, carpinteiro da loja de um judeu na rua do Catete, e que queria casar com ela. Puta merda. Senti um vazio por dentro, e Mariazinha disse, pois é, com o seu passado você nunca vai arranjar um emprego, tendo andado tanto tempo preso, e o Hermenegildo é muito bom, e foi falando bem do homem que ela tinha arranjado; ouvi tudo e não sei por quê, acho que pra poupar Mariazinha, eu não disse a ela que tinha afinal arranjado um emprego, a coitada já devia estar cheia de mim. Disse apenas que queria ter uma conversa com o tal Hermenegildo e ela pediu que não, por favor, ele tem medo de você porque você andou na cadeia, e eu respondi, medo? porra, ele devia ter é pena, me dá o endereço do cara.

Ele trabalhava numa loja de móveis e quando cheguei lá ele estava me esperando com mais dois colegas e vi que todos estavam assustados, com porretes de madeira perto da mão e eu disse, manda teus colegas embora, eu vim pruma conversa de paz, e os caras saíram e ele me contou que era cearense e queria casar com uma mulher honesta e trabalhadora, ele mesmo sendo muito honesto e trabalhador, que gostava de Mariazinha e ela dele. Fomos pro botequim, depois dele pedir licença ao Isac, e tomamos uma cerveja e ali estava outro filha da puta que eu devia matar de porrada, mas eu tava era entregando minha mulher pra ele, puta merda.

Voltei pra casa da Mariazinha. Ela tinha feito um embrulho das minhas coisas, não era um embrulho grande, botei ele debaixo do braço. Mariazinha estava com o cabelo preso e com um vestido que eu gostava e me deu uma dor no coração quando apertei a mão dela, mas eu só disse adeus.

Andei pela cidade com o embrulho debaixo do braço, fazendo hora, e depois fui para a boate. O dono me arranjou um terno escuro e uma gravata e me mandou ficar na porta. Eu estava lá encostado na porta para cansar menos quando chegou uma bichona, vestida de mulher, peruca, joias, batom, seios postiços, todos os fricotes, e eu disse, não pode entrar, madame. Madame? não seja besta, gentinha, ela disse, revirando a boca com desprezo. Não entra mesmo, desiste, eu disse, ficando na frente da porta. Você sabe com quem está falando?, perguntou a bicha. Eu disse, não senhora e nem me interessa, pode ser até a mãe do ano que não entra. Acho que no meio dessa parla alguém foi chamar o dono, pois ele apareceu na porta e falou pro puto, desculpe, o porteiro não o reconheceu, desculpe, tenha a bondade de entrar, foi tudo um equívoco — e todo mesureiro mandou o bicha entrar e foi acompanhando o baitola até lá dentro. Depois voltou e disse, com cara de poucos amigos, que eu tinha barrado um sujeito importante. Pra mim travesti é travesti e quem mandou barrar foi o senhor mesmo, eu disse. Porra, disse o dono, aonde foi que você aprendeu o serviço? Será que você não sabe que existem bichas nos altos escalões e que esses a gente não barra? Vê se usa um pouco de inteligência, só porque você é leão de chácara não precisa ser tão burro. Vamos ver se eu entendi, eu disse, piçudo porque tinha chamado aquele cagalhão de senhor enquanto ele tinha me chamado de burro, vamos ver se eu entendi bem, eu barro todos os veadões menos aqueles que são seus amiguinhos, mas o problema é saber quais são os seus cupinchas, não é verdade? E afinal, continuei, por que não deixar os outros veados, os que não são importantes, entrarem? São filhos de Deus também, e outra coisa, gente que tem raiva de bicha na verdade tem é medo de virar o fio. O dono me olhou com raiva e susto e rosnou entre dentes, depois conversamos. Vi logo que o sacana ia me mandar embora no fim do serviço e eu ia ficar de novo na rua da amargura. Puta merda.

Foi entrando gente, aquilo era uma mina, o mundo estava cheio de otários que engoliam qualquer porcaria desde que o preço fosse caro. Mas aqueles caras para ter toda aquela grana tinham que estar passando alguém para trás, vai ver era aqui o otário fodido, às suas ordens, obrigado.

Deviam ser umas três horas e lá dentro todas as mesas estavam ocupadas, a pista cheia de gente dançando, a música esporrenta, quando o garçom chegou na porta e disse, o patrão está chamando. Patrão é o caralho, eu disse, mas fui atrás do garçom. O dono da casa estava no bar e disse apontando para uma das mesas, aquele sujeito está se portando de maneira inconveniente, põe ele para fora. De longe identifiquei o careta, um desses que de vez em quando dá o fricote de bancar o machão desesperado indomável, mas que não passa de um babaca querendo impressionar as menininhas e lá estava ela, a guria, segurando o braço do homão e ele fingindo a fúria sanguinária, jogando uma ou outra cadeira no chão. Esses caras eu manjo, já tinha botado pra fora um monte, no tempo de leão, basta você agarrar na roupa, nem precisa muita força, que eles vão logo saindo, falam alto, protestam, ameaçam, mas não dão trabalho nenhum, não são de nada, é só isso que eles fazem e no dia seguinte contam pros amigos que fecharam a boate e só não quebraram a minha cara porque a menina não deixou. Aí eu me lembrei do dono da casa, eu ia pra rua mesmo, puta merda, eu estava cansado de ser sacaneado, e ali na minha frente estava aquele pagode chinês, cheio de lustres e espelhos, pra ser quebrado, e eu ia deixar passar a chance? Disse pro bestalhão, só pra irritar, está nervosinho? Você e essa puta aí do lado vão logo dando o fora. Não é que o calhorda botou o galho dentro e foi saindo de mansinho? A minha sorte é que vi na mesa do lado três caras grandões, me encarando, doidos pra embocetar comigo, e fui logo dizendo para o mais feio, o que que está olhando, quer levar uma bolacha? Pra poder forçar uma decisão dei um bife bem no meio dos cornos da mulher que estava ao lado dele. Aí foi aquela cagada, o pau quebrou que parecia um trovão, de repente tinha uns dez caras brigando, nego que levava a sobra também dava e entrava no conflito, corri pra dentro do bar e não sobrou uma garrafa, os lustres foram pra pica, a luz apagou, um ouriço tremendo que quando acabou só deixou em pé parede de tijolo. Depois que a polícia chegou e foi embora, eu disse pro dono da casa, você vai me pagar o hospital e também o dentista, nesse rolo acho que perdi três dentes, me arrebentei todo para defender a sua casa, mereço uma grana de gratificação, a qual, pensando bem, quero receber agora. Agora. O dono da casa estava sentado, levantou, foi na caixa, apanhou um maço de dinheiro e me deu. Peguei meu embrulho e fui embora. Puta merda.

PASSEIO NOTURNO (PARTE I)

Cheguei em casa carregando a pasta cheia de papéis, relatórios, estudos, pesquisas, propostas, contratos. Minha mulher, jogando paciência na cama, um copo de uísque na mesa de cabeceira, disse, sem tirar os olhos das cartas, você está com um ar cansado. Os sons da casa: minha filha no quarto dela treinando empostação de voz, a música quadrifônica do quarto do meu filho. Você não vai largar essa mala?, perguntou minha mulher, tira essa roupa, bebe um uisquinho, você precisa aprender a relaxar.

Fui para a biblioteca, o lugar da casa onde gostava de ficar isolado e como sempre não fiz nada. Abri o volume de pesquisas sobre a mesa, não via as letras e números, eu esperava apenas. Você não para de trabalhar, aposto que os teus sócios não trabalham nem a metade e ganham a mesma coisa, entrou a minha mulher na sala com o copo na mão, já posso mandar servir o jantar?

A copeira servia à francesa, meus filhos tinham crescido, eu e a minha mulher estávamos gordos. É aquele vinho que você gosta, ela estalou a língua com prazer. Meu filho me pediu dinheiro quando estávamos no cafezinho, minha filha me pediu dinheiro na hora do licor. Minha mulher nada pediu, nós tínhamos conta bancária conjunta.

Vamos dar uma volta de carro?, convidei. Eu sabia que ela não ia, era hora da novela. Não sei que graça você acha em passear de carro todas as noites, também aquele carro custou uma fortuna, tem que ser usado, eu é que cada vez me apego menos aos bens materiais, minha mulher respondeu.

Os carros dos meninos bloqueavam a porta da garagem, impedindo que eu tirasse o meu. Tirei os carros dos dois, botei na rua, tirei o meu, botei na rua, coloquei os dois carros novamente na garagem, fechei a porta, essas manobras todas me deixaram levemente irritado, mas ao ver os para-choques salientes do meu carro, o reforço especial duplo de aço cromado, senti o coração bater apressado de euforia. Enfiei a chave na ignição, era um motor poderoso que gerava a sua força em silêncio, escondido no capô aerodinâmico. Saí, como sempre sem saber para onde ir, tinha que ser uma rua deserta, nesta cidade que tem mais gente do que moscas. Na avenida Brasil, ali não podia ser, muito movimento. Cheguei numa rua mal iluminada, cheia de árvores escuras, o lugar ideal. Homem ou mulher? Realmente não fazia grande diferença, mas não aparecia ninguém em condições, comecei a ficar tenso, isso sempre acontecia, eu até gostava, o alívio era maior. Então vi a mulher, podia ser ela, ainda que mulher fosse menos emocionante, por ser mais fácil. Ela caminhava apressadamente, carregando um embrulho de papel ordinário, coisas de padaria ou de quitanda, estava de saia e blusa, andava depressa, havia árvores na calçada, de vinte em vinte metros, um interessante problema a exigir uma grande dose de perícia. Apaguei as luzes do carro e acelerei. Ela só percebeu que eu ia para cima dela quando ouviu o som da borracha dos pneus batendo no meio-fio. Peguei a mulher acima dos joelhos, bem no meio das duas pernas, um pouco mais sobre a esquerda, um golpe perfeito, ouvi o barulho do impacto partindo os dois ossões, dei uma guinada rápida para a esquerda, passei como um foguete rente a uma das árvores e deslizei com os pneus cantando, de volta para o asfalto. Motor bom, o meu, ia de zero a cem quilômetros em nove segundos. Ainda deu para ver que o corpo todo desengonçado da mulher havia ido parar, colorido de sangue, em cima de um muro, desses baixinhos de casa de subúrbio.

Examinei o carro na garagem. Corri orgulhosamente a mão de leve pelos para-lamas, os para-choques sem marca. Poucas pessoas, no mundo inteiro, igualavam a minha habilidade no uso daquelas máquinas.

A família estava vendo televisão. Deu a sua voltinha, agora está mais calmo?, perguntou minha mulher, deitada no sofá, olhando fixamente o vídeo. Vou dormir, boa noite para todos, respondi, amanhã vou ter um dia terrível na companhia.

PASSEIO NOTURNO (PARTE II)

Eu ia para casa quando um carro encostou no meu, buzinando insistentemente. Uma mulher dirigia, abaixei os vidros do carro para entender o que ela dizia. Uma lufada de ar quente entrou com o som da voz dela: Não está mais conhecendo os outros?

Eu nunca tinha visto aquela mulher. Sorri polidamente. Outros carros buzinaram atrás dos nossos. A avenida Atlântica, às sete horas da noite, é muito movimentada.

A mulher, movendo-se no banco do seu carro, colocou o braço direito para fora e disse, olha um presentinho para você.

Estiquei meu braço e ela colocou um papel na minha mão. Depois arrancou com o carro, dando uma gargalhada.

Guardei o papel no bolso. Chegando em casa, fui ver o que estava escrito. Ângela, 2287-3594.

À noite, saí, como sempre faço.

No dia seguinte telefonei. Uma mulher atendeu. Perguntei se Ângela estava. Não estava. Havia ido à aula. Pela voz, via-se que devia ser a empregada. Perguntei se Ângela era estudante. Ela é artista, respondeu a mulher.

Liguei mais tarde. Ângela atendeu.

Sou aquele cara do Jaguar preto, eu disse.

Você sabe que eu não consegui identificar o seu carro?

Apanho você às nove horas para jantarmos, eu disse.

Espera aí, calma. O que foi que você pensou de mim?

Nada.

Eu laço você na rua e você não pensou nada?

Não. Qual é o seu endereço?

Ela morava na Lagoa, na curva do Cantagalo. Um bom lugar.

Estava na porta me esperando.

Perguntei onde queria jantar. Ângela respondeu que em qualquer restaurante, desde que fosse fino. Ela estava muito diferente. Usava uma maquiagem pesada, que tornava o seu rosto mais experiente, menos humano.

Quando telefonei da primeira vez disseram que você tinha ido à aula. Aula de quê?, eu disse.

Impostação de voz.

Tenho uma filha que também estuda impostação de voz. Você é atriz, não é?

Sou. De cinema.

Eu gosto muito de cinema. Quais foram os filmes que você fez?

Só fiz um, que está agora em fase de montagem. O nome é meio bobo, *As virgens desvairadas*, não é um filme muito bom, mas estou começando, posso esperar, tenho só vinte anos.

Na semiescuridão do carro ela parecia ter vinte e cinco.

Parei o carro na Bartolomeu Mitre e fomos andando a pé na direção do restaurante Mário, na rua Ataulfo de Paiva.

Fica muito cheio em frente ao restaurante, eu disse.

O porteiro guarda o carro, você não sabia?, ela disse.

Sei até demais. Uma vez ele amassou o meu.

Quando entramos, Ângela lançou um olhar desdenhoso sobre as pessoas que estavam no restaurante. Eu nunca havia ido àquele lugar. Procurei ver algum conhecido. Era cedo e havia poucas pessoas. Numa mesa um homem de meia-idade com um rapaz e uma moça. Apenas três outras mesas estavam ocupadas, com casais entretidos em suas conversas. Ninguém me conhecia.

Ângela pediu um martíni.

Você não bebe?, Ângela perguntou.

Às vezes.

Agora diga, falando sério, você não pensou nada mesmo, quando eu te passei o bilhete?

Não. Mas se você quer, eu penso agora, eu disse.

Pensa, Ângela disse.

Existem duas hipóteses. A primeira é que você me viu no carro e se interessou pelo meu perfil. Você é uma mulher agressiva, impulsiva e decidiu me conhecer. Uma coisa instintiva. Apanhou um pedaço de papel arrancado de um caderno e escreveu rapidamente o nome e o telefone. Aliás quase não deu para eu decifrar o nome que você escreveu.

E a segunda hipótese?

Que você é uma puta e sai com uma bolsa cheia de pedaços de papel escritos com o seu nome e o telefone. Cada vez que você encontra um sujeito num carro grande, com cara de rico e idiota, você dá o número para ele. Para cada vinte papelinhos distribuídos, uns dez telefonam para você.

E qual a hipótese que você escolhe?, Ângela disse.

A segunda. Que você é uma puta, eu disse.

Ângela ficou bebendo o martíni como se não tivesse ouvido o que eu havia dito. Bebi minha água mineral. Ela olhou para mim, querendo demonstrar sua superioridade, levantando a sobrancelha — era má atriz, via-se que estava perturbada — e disse: você mesmo reconheceu que era um bilhete escrito às pressas dentro do carro, quase ilegível.

Uma puta inteligente prepararia todos os bilhetinhos em casa, dessa maneira, antes de sair, para enganar os seus fregueses, eu disse.

E se eu jurasse a você que a primeira hipótese é a verdadeira. Você acreditaria?

Não. Ou melhor, não me interessa, eu disse.

Como que não interessa?

Ela estava intrigada e não sabia o que fazer. Queria que eu dissesse algo que a ajudasse a tomar uma decisão.

Simplesmente não interessa. Vamos jantar, eu disse.

Com um gesto chamei o maître. Escolhemos a comida.

Ângela tomou mais dois martínis.

Nunca fui tão humilhada em minha vida. A voz de Ângela soava ligeiramente pastosa.

Eu se fosse você não bebia mais, para poder ficar em condições de fugir de mim, na hora em que for preciso, eu disse.

Eu não quero fugir de você, disse Ângela esvaziando de um gole o que restava na taça. Quero outro.

Aquela situação, eu e ela dentro do restaurante, me aborrecia. Depois ia ser bom. Mas conversar com Ângela não significava mais nada para mim, naquele momento interlocutório.

O que é que você faz?

Controlo a distribuição de tóxicos na zona sul, eu disse.

Isso é verdade?

Você não viu o meu carro?

Você pode ser um industrial.

Escolhe a sua hipótese. Eu escolhi a minha, eu disse.

Industrial.

Errou. Traficante. E não estou gostando desse facho de luz sobre a minha cabeça. Me lembra as vezes em que fui preso.

Não acredito numa só palavra do que você diz.

Foi a minha vez de fazer uma pausa.

Você tem razão. É tudo mentira. Olha bem para o meu rosto. Vê se você consegue descobrir alguma coisa, eu disse.

Ângela tocou de leve no meu queixo, puxando meu rosto para o raio de luz que descia do teto e me olhou intensamente.

Não vejo nada. Teu rosto parece o retrato de alguém fazendo uma pose, um retrato antigo, de um desconhecido, disse Ângela.

Ela também parecia o retrato antigo de um desconhecido.

Olhei o relógio.

Vamos embora?, eu disse.

Entramos no carro.

Às vezes a gente pensa que uma coisa vai dar certo e dá errado, disse Ângela.

O azar de um é a sorte do outro, eu disse.

A lua punha na lagoa uma esteira prateada que acompanhava o carro. Quando eu era menino e viajava de noite a lua sempre me acompanhava, varando as nuvens, por mais que o carro corresse.

Vou deixar você um pouco antes da sua casa, eu disse.

Por quê?

Sou casado. O irmão da minha mulher mora no teu edifício.

Não é aquele que fica na curva? Não gostaria que ele me visse. Ele conhece o meu carro. Não há outro igual no Rio.

A gente não vai se ver mais?, Ângela perguntou.

Acho difícil.

Todos os homens se apaixonam por mim.

Acredito.

E você não é lá essas grandes coisas. O teu carro é melhor do que você, disse Ângela.

Um completa o outro, eu disse.

Ela saltou. Foi andando pela calçada, lentamente, fácil demais, e ainda por cima mulher, mas eu tinha que ir logo para casa, já estava ficando tarde.

Apaguei as luzes e acelerei o carro. Tinha que bater e passar por cima. Não podia correr o risco de deixá-la viva. Ela sabia muita coisa a meu respeito, era a única pessoa que havia visto o meu rosto, entre todas as outras. E conhecia também o meu carro. Mas qual era o problema? Ninguém havia escapado.

Bati em Ângela com o lado esquerdo do para-lama, jogando o seu corpo um pouco adiante, e passei, primeiro com a roda da frente — e senti o som surdo da frágil estrutura do corpo se esmigalhando — e logo atropelei com a roda traseira, um golpe de misericórdia, pois ela já estava liquidada, apenas talvez ainda sentisse um distante resto de dor e perplexidade.

Quando cheguei em casa minha mulher estava vendo televisão, um filme colorido, dublado.

Hoje você demorou mais. Estava muito nervoso?, ela disse.

Estava. Mas já passou. Agora vou dormir. Amanhã vou ter um dia terrível na companhia.

DIA DOS NAMORADOS

Se há uma coisa que eu não engulo é chantagista. Se não fosse isso, não sairia de casa naquele sábado, por dinheiro nenhum do mundo.

O advogado Medeiros ligou para mim e disse, é uma chantagem e o meu cliente paga. O cliente dele era J.J. Santos, o banqueiro.

Mandrake, continuou Medeiros, o assunto tem que ser encerrado sem deixar resto, entendeu?

Entendi, mas vai custar uma grana firme, eu disse, olhando a princesa loura que estava comigo.

Eu sei, eu sei, disse Medeiros. Sabia mesmo, tinha sido político, tinha passado pelo governo, era ministro aposentado, estava por dentro de tudo.

Comecei mal aquele sábado. Acordei irritado, com dor de cabeça. Ressaca de uma noite cheia de libações. Andei pela casa, ouvi o Nelson Gonçalves, abri a geladeira e comi um pedaço de queijo-cavalo.

Peguei meu carro e fui para o Itanhangá, onde os grã-finos jogam polo. Gosto de ver os ricos se mexendo. Foi lá que encontrei a loura. Parecia uma flor orvalhada, a pele saudável e limpa, os olhos brilhando de saúde.

Os jogadores de polo vão parar no inferno, eu disse.

Como?, ela perguntou.

No juízo final os ricos se fodem, respondi.

Um socialista romântico!, ela riu, com desprezo.

Era essa loura que estava no meu apartamento quando o advogado Medeiros ligou.

J.J. Santos, o banqueiro de Minas, no mesmo sábado, discutia com sua esposa se iam ou não ao casamento da filha de um dos seus sócios.

Não vou, a mulher de J.J. Santos disse, vai você. Ela preferia ficar vendo televisão e comendo biscoito. Casados há dez anos, estavam naquele ponto em que você se conforma e morre encarcerado ou chuta a mulher pro alto e fica livre.

J.J. Santos vestiu um terno escuro, camisa branca, gravata prateada.

Eu peguei a princesa loura e disse, vem comigo. Era dia dos namorados.

Você já leu algum livro de poesia?, ela me perguntou.

Olha, respondi, nunca li livro nenhum, exceto os de direito.

Ela riu.

Você tem todos os dentes?, perguntei.

Ela tinha todos os dentes. Abriu a boca e vi as duas fileiras, em cima e embaixo. Coisas de rico.

Chegamos no meu apartamento. Eu disse, o que vai acontecer aqui, entre nós dois, será diferente de tudo que já aconteceu contigo, minha princesa.

Faz o trailer, ela disse.

Quando nasci me chamaram de Paulo, que é nome de papa, mas virei Mandrake, uma pessoa que não reza, e fala pouco, mas faz os gestos necessários. Prepare-se, princesa, para uma coisa jamais vista.

Nesta hora o telefone tocou. Era o advogado Medeiros.

O altar estava coberto de flores. A noiva, acompanhada do pai, desfilou lentamente pela nave da igreja, ao som das vozes de um coro afinado. O noivo, como sempre, estava com cara de besta esperando pela noiva, no altar.

Às oito J.J. Santos saiu da igreja, pegou o seu Mercedes e foi para a casa dos pais da noiva, em Ipanema. O apartamento estava cheio, J.J. Santos cumprimentou as pessoas, brincou com os noivos, e meia hora depois saiu sem ser notado. Ele não sabia ao certo o que queria fazer. Certamente não queria voltar para casa, assistir velhos filmes dublados na televisão colorida. Pegou o seu carro e saiu pela praia de Ipanema, em direção à Barra da Tijuca. Ele morava apenas há um ano no Rio, achava a cidade fascinante. Uns quinhentos metros adiante, J.J. Santos viu a garota, parada na calçada. Os alto-falantes do seu carro transmitiam música estereofônica e J.J. Santos estava emocionalmente predisposto. Nunca tinha visto garota tão bonita. Teve a impressão de que ela olhara para ele, mas devia estar enganado, ela não era do tipo de piranha de praia, dessas que ficam pescando freguês que passa de automóvel. Estava no fim do Leblon quando resolveu voltar, talvez a garota ainda estivesse lá, ele queria vê-la novamente. A garota estava lá sim, curvada na porta de um Volkswagen — discutindo o preço? J.J. Santos parou uns vinte metros atrás, piscando o farol alto do seu carro. A garota olhou, viu o mercedão e deixou o cara do Volks falando sozinho. Veio caminhando lentamente, com perfeito equilíbrio físico, sabendo colocar o pé no chão e distribuir o peso pelos músculos do corpo enquanto se movimentava.

Ela enfiou a cara na porta e disse, alô. Seu rosto era muito jovem mas sua voz mostrava mais maturidade.

Alô, respondeu J.J. Santos, olhando em volta, com medo que alguém o visse ali parado, entre.

A garota entrou e J.J. Santos movimentou o carro.

Que idade você tem?, perguntou J.J. Santos.

Dezesseis, respondeu a garota.

Dezesseis, disse J.J. Santos.

Seu bobo, que que tem? Se eu não for com você, vou com outro.

Qual é o seu nome?, perguntou J.J. Santos, com a consciência mais aliviada.

Viveca.

Noutro canto da cidade, onde eu estava:

Meu nome é Maria Amélia. Não me chame de princesa, que coisa mais ridícula!, reclamou a loura.

Ora porra, respondi.

Você é vulgar, grosseiro e ignorante.

Falou. Quer saltar?

Que significa isso?

Quer se mandar? Se manda.

Nem falar você sabe?

É isso aí.

É um débil!, a loura gargalhou divertida, todos os dentes brilhando.

Eu também ri. Estávamos os dois muito interessados um no outro. Sou fissurado em mulher rica.

Afinal, qual é o seu nome? Paulo, Mandrake, Picasso?

A pergunta não é essa, respondi. Você tem que me perguntar, afinal, quem é você?

Afinal, quem é você?

Não sei, respondi.

A paranoia está atacando também a classe C!, disse a loura.

J.J. Santos sabia que a Barra estava cheia de hotéis. Nunca havia frequentado nenhum deles, mas ouvira as histórias. Dirigiu-se para o mais famoso.

Escolheu a suíte presidencial.

A suíte presidencial tinha piscina, televisão em cores, rádio, sala de refeições, e o quarto era cheio de lustres e todo forrado de espelhos.

J.J. Santos estava emocionado.

Você quer alguma coisa?, ele perguntou à garota.

Um guaraná, ela respondeu modestamente.

O garçom trouxe guaraná e Chivas Regal.

J.J. Santos tomou um gole, tirou o paletó, e disse, vou ao banheiro, fique à vontade.

Quando saiu do banheiro a garota estava nua, deitada na cama, de bruços. J.J. Santos tirou a roupa e deitou-se ao lado dela, fazendo-lhe carinhos, olhando-se nos espelhos. Então a garota virou-se de barriga para cima, um sorriso nos lábios.

Não era uma garota. Era um homem, o pênis se refletindo, ameaçadoramente rijo, nos inúmeros espelhos.

J.J. Santos deu um salto da cama.

Viveca postou-se de bruços, novamente. Virando o rosto, encarou J.J. e perguntou com doçura, você não me quer?

Seu pe-pederasta sem-ve-vergonha, disse J.J. Apanhou suas roupas e correu para o banheiro, onde se vestiu apressado.

Você não me quer?, disse Viveca, ainda na mesma posição, quando J.J. Santos voltou ao quarto. J.J. Santos, aflito, botou o paletó e tirou a carteira do bolso. Ele sempre carregava muito dinheiro na carteira. Naquele dia tinha dois mil cruzeiros em notas de quinhentos. Coisas de mineiro. Os documentos estavam na carteira. O dinheiro tinha sumido.

Ainda por cima roubou meu dinheiro!

O quê? O quê? Está me chamando de ladrão? Eu não sou ladrão!, gritou Viveca, levantando-se da cama. Subitamente uma gilete apareceu em sua mão. Me chamando de ladrão! Num gesto rápido Viveca deu o primeiro golpe no próprio braço e um fio de sangue borbulhou na pele.

J.J., estarrecido, fez um gesto de nojo e medo.

Sou viado sim, sou VI-III-ADO!, o grito de Viveca parecia que ia romper todos os espelhos e lustres.

Não faça isso, suplicou J.J., apavorado.

Você sabia o que eu era, me trouxe aqui sabendo de tudo, e agora me despreza como se eu fosse lixo, soluçou Viveca, enquanto dava outro golpe no braço com a gilete.

Eu não sabia de nada, você parece uma garota, maquiada, com essa peruca.

Isso não é peruca, é o meu cabelo mesmo, está vendo como você me trata? Outro golpe no braço, a esta altura coberto de sangue.

Para com isso!, pediu J.J.

Não paro! Não paro! Não paro! Me chamou de ladrão, ladrão, ladrão! Sou pobre mas sou honesto. Você tem dinheiro e pensa que os outros são lixo! Eu sempre quis morrer destruindo um poderoso, como no filme a *Viúva negra*! Você viu a *Viúva negra*?, perguntou Viveca, encostando a gilete no pescoço, em cima da carótida, saliente pelo esforço dos gritos.

Me desculpe, pediu J.J.

Agora é tarde, disse Viveca.

Enquanto isso eu chegava no apartamento com a loura grã--fina. Ela sentou-se na poltrona, aquela aura se formando entre nós dois, duas pessoas soberanas, transitando tranquilamente uma para a outra.

Faz o trailer, ela disse.

Prepare-se, princesa, para uma coisa jamais vista.

Neste instante o advogado Medeiros telefonou.

Meu cliente, o banqueiro J.J. apanhou uma mulher na rua, levou para um hotel e, chegando lá, descobriu que era um travesti. O travesti roubou dois mil cruzeiros do meu cliente. Eles tiveram uma discussão e o travesti, armado de uma gilete, ameaça cometer suicídio se não receber dez mil cruzeiros em dinheiro. Meu cliente me pediu o dinheiro, que está aqui comigo. Nós queremos dar o dinheiro e encerrar o assunto. Você tem experiência em casos policiais e gostaríamos que tomasse conta da coisa. Nada de polícia, nós damos o dinheiro e queremos tudo abafado. O assunto tem que ser encerrado sem deixar resto, entendeu?

Entendi, mas vai custar uma grana firme, eu disse, olhando a princesa loura ao meu lado.

Eu sei, eu sei, disse Medeiros, dinheiro é o que não falta.

J.J. e Viveca estavam dentro do Mercedes, parados na praia.

J.J. estava no volante, pálido como um defunto. Ao seu lado, Viveca segurava a gilete rente ao pescoço. Parecia mesmo uma moça. Parei o meu velho carro ao lado do mercedão.

Trabalho com o dr. Medeiros, eu disse.

Trouxe o dinheiro?, perguntou Viveca, com rispidez.

Foi difícil arranjar, hoje é sábado, me desculpei, humildemente. Vamos apanhar agora.

Abri a porta do carro e puxei J.J. para fora.

Entrei e arranquei, ainda com a porta aberta, deixando J.J. estupefato na calçada.

É longe? onde está o dinheiro?, perguntou Viveca.

É perto, eu disse, correndo em alta velocidade.

Quero meu dinheiro logo, senão faço uma loucura!, gritou Viveca, dando um golpe no braço. O gesto era seco e violento, mas a gilete passava de leve na pele, apenas o suficiente para sair sangue e apavorar os otários.

Não faça isso, pelo amor de Deus!

Faço uma loucura!, ameaçou Viveca.

Ele não devia conhecer bem o Rio, ou então não sabia onde estavam localizadas as delegacias. Na porta da delegacia do Leblon estavam dois tiras conversando. Freei o carro, quase em cima deles, e pulei fora, gritando, cuidado! o travesti está armado com uma gilete!

Viveca saltou do carro. A situação estava realmente confusa para ele. Um dos tiras chegou perto e Viveca golpeou o sujeito, cortando a sua mão. O tira deu um passo atrás, tirou um 45 da cintura e disse, larga essa merda senão vai morrer agora. Viveca vacilou. O outro tira que havia se aproximado deu um pontapé na barriga de Viveca, que caiu no chão.

Fomos todos para dentro da delegacia. Uns cinco tiras cercavam a gente.

Viveca chorava.

Eu peço desculpas a todos os senhores policiais presentes, principalmente ao moço que eu feri e me arrependo tanto. Eu sou homem sim, mas desde criança minha mãe me vestia de menina e eu sempre gostei de brincar de bonecas. Eu sou homem porque me chamo Jorge, só por isso, minha alma é de mulher e eu sofro por não ser mulher e poder ter filhos, como as outras. Sou uma infeliz. Então esse homem do Mercedes me apanhou na praia e disse, vem comigo, menino; e eu respondi, eu não sou menino, sou mulher; e ele disse, mulher nada, entra logo, eu hoje estou a fim de outra coisa. Disse que me dava quinhentos cruzeiros e eu tenho minha mãe e minha avó para sustentar e fui. Chegando lá, além de fazer todas as imoralidades comigo, ele me bateu e me cortou com a gilete. Então eu peguei a gilete e disse que me matava se ele não me desse os quinhentos cruzeiros. Ele disse que não tinha e telefonou para o amigo e veio esse homem aí, que disse que me dava o dinheiro e me trouxe para cá e eu perdi a cabeça, os senhores me desculpem. Eu sou uma pessoa delicada, enlouqueci com as injustiças e maldades que fizeram comigo.

Como é o nome do seu cliente?, disse um tira suspicaz.

Não posso dizer. Ele não cometeu nenhum crime. Este cara está mentindo, eu disse.

Na verdade eu não tinha certeza de nada, mas cliente é cliente.

Mentindo! eu?! As lágrimas escorriam pelo make-up de Viveca. Só porque sou frágil e pobre e o outro é forte e rico eu vou ser crucificado?, gritou Viveca, entre soluços.

Rico aqui não manda nada, disse um dos tiras.

E esse carro?, disse o tira ferido, no meio da confusão. Felizmente ninguém mais ouviu.

É meu, comprei ontem, ainda não transferi para o meu nome, eu disse, enquanto o tira anotava numa folha de papel.

Vamos esperar o comissário, disse o tira.

Esse cara roubou dois mil cruzeiros do meu cliente. Deve estar escondido em algum lugar no corpo dele, eu disse.

Pode me revistar, vamos, revista!, desafiou Viveca, abrindo os braços.

Nenhum dos policiais parecia interessado em revistar Viveca. Então me deu aquele estalo. Agarrei os cabelos de Viveca e puxei com força. Os cabelos saíram na minha mão e quatro notas de quinhentos voaram pelo ar e foram cair no chão.

Foi esse dinheiro que ele roubou do meu cliente, eu disse, aliviado.

Ele me deu, foi ele que me deu, eu juro, disse Viveca, sem muita convicção.

Antes de trancarem Viveca no xadrez, viram que ele tinha uma porção de marcas antigas nos dois braços. Aquele macete já devia ter sido aplicado muitas vezes.

O senhor vai ter que esperar o comissário, disse o tira ferido.

Dei o meu cartão para ele. Eu passo aqui mais tarde, está bem? Outra coisa, faz de conta que não encontramos o dinheiro, tá? Meu cliente não vai se incomodar.

Vamos precisar falar com o senhor, se não for hoje, um dia desses. Olhei para ele e vi que era papo de arreglo.

Tamos aí. É só telefonar, eu disse.

Saí voando no Mercedes. Cheguei no hotel e procurei o gerente. Apanhei duas notas de quinhentos das vinte que levava no bolso, dei para ele e disse, quero ver o registro de um hóspede que esteve aqui há umas duas horas atrás.

Não posso fazer isso, ele disse.

Dei mais duas notas para ele. O cara é meu cliente, eu disse.

Não quero confusão!

Dá logo as fichas, porra, senão vai acabar tendo uma confa sem fim. Quem estava com ele era menor e você acaba se fodendo.

O gerente me trouxe as fichas. Lá estava o nome de J.J. por extenso. Profissão bancário. Bancário, ironia ou falta de imaginação? A outra ficha tinha escrito Viveca Lindfords, residente em Nova Iguaçu. Porra, onde é que ele tinha arranjado aquele nome? Botei as fichas no bolso.

Fui correndo para casa. Carrão aquele. Tinha que fazer a transferência pro meu nome com data de sexta-feira, para proteger o cliente... Cheguei em casa e entrei gritando, princesa! aqui estou eu. Mas a loura tinha desaparecido. Os bolsos cheios de dinheiro, Mercedes na porta e daí? Estava triste e infeliz. Nunca mais ia ver a loura rica, eu sabia.

O OUTRO

Eu chegava todo dia no meu escritório às oito e trinta da manhã. O carro parava na porta do prédio e eu saltava, andava dez ou quinze passos, e entrava.

Como todo executivo, eu passava as manhãs dando telefonemas, lendo memorandos, ditando cartas à minha secretária e me exasperando com problemas. Quando chegava a hora do almoço, eu havia trabalhado duramente. Mas sempre tinha a impressão de que não havia feito nada de útil.

Almoçava em uma hora, às vezes uma hora e meia, num dos restaurantes das proximidades, e voltava para o escritório. Havia dias em que eu falava mais de cinquenta vezes ao telefone. As cartas eram tantas que a minha secretária, ou um dos assistentes, assinava por mim. E, sempre, no fim do dia, eu tinha a impressão de que não havia feito tudo o que precisava ter feito. Corria contra o tempo. Quando havia um feriado, no meio da semana, eu me irritava, pois era menos tempo que eu tinha. Levava diariamente trabalho para casa, em casa podia produzir melhor, o telefone não me chamava tanto.

Um dia comecei a sentir uma forte taquicardia. Aliás, nesse mesmo dia, ao chegar pela manhã ao escritório surgiu ao meu lado, na calçada, um sujeito que me acompanhou até a porta dizendo "doutor, doutor, será que o senhor podia me ajudar?". Dei uns trocados a ele e entrei. Pouco depois, quando estava falando no telefone para São Paulo, o meu coração disparou. Durante alguns minutos ele bateu num ritmo fortíssimo, me deixando extenuado. Tive que deitar no sofá, até passar. Eu estava tonto, suava muito, quase desmaiei.

Nessa mesma tarde fui ao cardiologista. Ele me fez um exame minucioso, inclusive um eletrocardiograma de esforço, e, no final, disse que eu precisava diminuir de peso e mudar de vida. Achei graça. Então, ele recomendou que eu parasse de trabalhar por algum tempo, mas eu disse que isso, também, era impossível. Afinal, me prescreveu um regime alimentar e mandou que eu caminhasse pelo menos duas vezes por dia.

No dia seguinte, na hora do almoço, quando fui dar a caminhada receitada pelo médico, o mesmo sujeito da véspera me fez parar pedindo dinheiro. Era um homem branco, forte, de cabelos castanhos compridos. Dei a ele algum dinheiro e prossegui.

O médico havia dito, com franqueza, que se eu não tomasse cuidado poderia a qualquer momento ter um enfarte. Tomei dois tranquilizantes, naquele dia, mas isso não foi suficiente para me deixar totalmente livre da tensão. À noite não levei trabalho para casa. Mas o tempo não passava. Tentei ler um livro, mas a minha atenção estava em outra parte, no escritório. Liguei a televisão mas não consegui aguentar mais de dez minutos. Voltei da minha caminhada, depois do jantar, e fiquei impaciente sentado numa poltrona, lendo os jornais, irritado.

Na hora do almoço o mesmo sujeito emparelhou comigo, pedindo dinheiro. "Mas todo dia?", perguntei. "Doutor", ele respondeu, "minha mãe está morrendo, precisando de remédio, não conheço ninguém bom no mundo, só o senhor". Dei a ele cem cruzeiros.

Durante alguns dias o sujeito sumiu. Um dia, na hora do almoço, eu estava caminhando quando ele apareceu subitamente ao meu lado. "Doutor, minha mãe morreu." Sem parar, e apressando o passo, respondi, "sinto muito". Ele alargou as suas passadas, mantendo-se ao meu lado, e disse "morreu". Tentei me desvencilhar dele e comecei a andar rapidamente, quase correndo. Mas ele correu atrás de mim, dizendo "morreu, morreu, morreu", estendendo os dois braços contraídos numa expectativa de esforço, como se fossem colocar o caixão da mãe sobre as palmas de suas mãos. Afinal, parei ofegante e perguntei, "quanto é?". Por cinco mil cruzeiros ele enterrava a mãe. Não sei por quê, tirei um talão de cheques do bolso e fiz ali, em pé na rua, um cheque naquela quantia. Minhas mãos tremiam. "Agora chega!", eu disse.

No dia seguinte eu não saí para dar a minha volta. Almocei no escritório. Foi um dia terrível, em que tudo dava errado: papéis não foram encontrados nos arquivos; uma importante concorrência foi perdida por diferença mínima; um erro no planejamento financeiro exigiu que novos e complexos cálculos orçamentários tivessem que ser elaborados em regime de urgência. À noite, mesmo com os tranquilizantes, mal consegui dormir.

De manhã fui para o escritório e, de certa forma, as coisas melhoraram um pouco. Ao meio-dia saí para dar a minha volta.

Vi que o sujeito que me pedia dinheiro estava em pé, meio escondido na esquina, me espreitando, esperando eu passar. Dei a volta e caminhei em sentido contrário. Pouco depois ouvi o barulho de saltos de sapatos batendo na calçada como se alguém estivesse correndo atrás de mim. Apressei o passo, sentindo um aperto no coração, era como se eu estivesse sendo perseguido por alguém, um sentimento infantil de medo contra o qual tentei lutar, mas neste instante ele chegou ao meu lado, dizendo, "doutor, doutor". Sem parar, eu perguntei, "agora o quê?". Mantendo-se ao meu lado, ele disse, "doutor, o senhor tem que me ajudar, não tenho ninguém no mundo". Respondi com toda autoridade que pude colocar na voz, "arranje um emprego". Ele disse, "eu não sei fazer nada, o senhor tem de me ajudar". Corríamos pela rua. Eu tinha a impressão de que as pessoas nos observavam com estranheza. "Não tenho que ajudá-lo coisa alguma", respondi. "Tem sim, senão o senhor não sabe o que pode acontecer", e ele me segurou pelo braço e me olhou, e pela primeira vez vi bem como era o seu rosto, cínico e vingativo. Meu coração batia, de nervoso e de cansaço. "É a última vez", eu disse, parando e dando dinheiro para ele, não sei quanto.

Mas não foi a última vez. Todos os dias ele surgia, repentinamente, súplice e ameaçador, caminhando ao meu lado, arruinando a minha saúde, dizendo é a última vez doutor, mas nunca era. Minha pressão subiu ainda mais, meu coração explodia só de pensar nele. Eu não queria mais ver aquele sujeito, que culpa eu tinha de ele ser pobre?

Resolvi parar de trabalhar uns tempos. Falei com os meus colegas de diretoria, que concordaram com a minha ausência por dois meses.

A primeira semana foi difícil. Não é simples parar de repente de trabalhar. Eu me sentia perdido, sem saber o que fazer. Mas aos poucos fui me acostumando. Meu apetite aumentou. Passei a dormir melhor e a fumar menos. Via televisão, lia, dormia depois do almoço e andava o dobro do que andava antes, sentindo-me ótimo. Eu estava me tornando um homem tranquilo e pensando seriamente em mudar de vida, parar de trabalhar tanto.

Um dia saí para o meu passeio habitual quando ele, o pedinte, surgiu inesperadamente. Inferno, como foi que ele descobriu o meu endereço? "Doutor, não me abandone!" Sua voz era de mágoa e ressentimento. "Só tenho o senhor no mundo, não faça isso de novo comigo, estou precisando de um dinheiro, esta é a última vez, eu juro!" — e ele encostou o seu corpo bem junto ao meu, enquanto caminhávamos, e eu podia sentir o seu hálito azedo e podre de faminto. Ele era mais alto do que eu, forte e ameaçador.

Fui na direção da minha casa, ele me acompanhando, o rosto fixo virado para o meu, me vigiando curioso, desconfiado, implacável, até que chegamos na minha casa. Eu disse, "espere aqui".

Fechei a porta, fui ao meu quarto. Voltei, abri a porta e ele ao me ver disse "não faça isso, doutor, só tenho o senhor no mundo". Não acabou de falar, ou se falou eu não ouvi, com o barulho do tiro. Ele caiu no chão, então vi que era um menino franzino, de espinhas no rosto, e de uma palidez tão grande que nem mesmo o sangue, que foi cobrindo a sua face, conseguia esconder.

AGRURAS DE UM JOVEM ESCRITOR

O dia começou errado já de manhã, quando fui à praia. Eu não podia ver o mar, me fazia mal, por isso atravessava a avenida Atlântica de olhos fechados, depois virava o corpo, abria os olhos, e andava de costas pela areia até encontrar meu lugar, onde sentava de costas para o oceano. Quando estava atravessando a rua, senti um medo súbito, como se um carro fosse me atropelar, e abri os olhos. Não vi carro nenhum, mas vi o mar, apenas um segundo, porém um desgraçado instante da visão dantesca daquela horrenda massa verde-azulada foi o suficiente para me dar uma crise de suores frios e vômitos, ali mesmo na calçada. Quando o ataque passou fui para casa, tirei o calção e arriei na cama, esgotado, mas logo tocaram a campainha e quando olhei pelo olho mágico vi no corredor escuro uma figura toda encapuzada.

Fiquei apavorado, eu estava sozinho, Lígia tinha viajado, só podia ser um ladrão querendo me assaltar, ou um assassino, a situação na cidade não andava boa. Tentei ligar para a polícia mas o meu telefone estava enguiçado e o embuçado tocava a campainha insistentemente, pondo os meus nervos em frangalhos. Socorro!, gritei da janela, com a voz fraca de medo, mas o barulho da rua não deixava as pessoas me ouvirem, ou então elas não se incomodavam. A campainha continuava tocando, o mascarado não ia embora e eu nu, dentro de casa, lívido de medo, sem saber o que fazer. Me lembrei que na cozinha tinha um facão grande. Abri a porta brandindo o facão ameaçadoramente, mas era uma freira velha quem estava lá em pé, com aquela coisa preta que elas usam na cabeça. Eu havia me enganado. Quando me viu nu, de facão na mão, a freira saiu correndo, gritando pelo corredor. Fechei a porta aliviado e voltei para cama, mas pouco tempo depois a campainha tocou novamente; era a polícia. Abri a porta e o polícia me deu uma intimação para depor na segunda-feira, por causa da queixa da freira que, dizia ela, tinha batido na minha porta para pedir esmola para os órfãos e fora ameaçada de morte. Não tem vergonha de andar nu?, perguntou o polícia. Incrível, não se podia andar nu nem mesmo dentro de casa. Domingo foi ainda mais complicado. A Lígia, que voltara inesperadamente, me viu no cinema com uma garota, e ali mesmo, enquanto o filme estava passando, ela me encheu de pancadas, um escândalo, levei vinte pontos na cabeça. Eu não posso continuar vivendo com você, olha o que você fez comigo, eu disse, quando ela foi me apanhar no hospital, e Lígia abriu a bolsa, me mostrou um enorme revólver preto e disse, se me enganares com outra mulher eu te mato. Confusões que começaram muito antes, quando ganhei o prêmio de poesia da Academia e meu retrato saiu no jornal e eu achei que ficaria instantaneamente famoso, com as mulheres se atirando nos meus braços. O tempo foi passando, e nada disso acontecia, um dia fui ao oculista e ao dizer para a recepcionista, profissão escritor, ela perguntou — estivador? Minha fama durara vinte e quatro horas. Foi aí que apareceu Lígia, ela entrou pelo meu apartamento adentro alvoroçada e anelante dizendo, não sabes das dificuldades que tive de vencer para descobrir o teu endereço, oh! meu ídolo, faz de mim o que quiseres, e eu fiquei comovido, o mundo ignorava as minhas realizações e surge essa moça vinda lá de longe para se prostrar aos meus pés. Antes de irmos para a cama ela disse, dramaticamente, guardei o tesouro da minha pureza e da minha juventude para ti e estou feliz. Enfim, ela não tinha para onde ir e se instalou no meu apartamento, cozinhava para mim e costurava para fora, apesar de ser má costureira, arrumava a casa, batia à máquina o longo romance que eu estava escrevendo, fazia as compras no supermercado com o dinheiro dela. Era um bom arranjo, o chato é que ela me obrigava a trabalhar oito horas por dia no romance — vai falando, dizia ela, enquanto batia apressadamente na máquina. Também controlava a minha bebida, e quando eu disse que todo escritor bebia, ela falou que era mentira, que Machado de Assis não bebia e que graças a ela eu ainda não me tornara um pobre e infeliz alcoólatra. Eu aturava tudo isso, mas quando ela quebrou a minha cabeça eu achei que tinha que dar um jeito de saltar fora sem ela me dar um tiro, e uma boa maneira era fingir de brocha, coisa que nenhum brasileiro faz, nem mesmo para salvar a própria pele, mas meu desespero era tanto que eu estava disposto a correr o risco de passar na rua e Lígia dizer para as pessoas, me apontando com aquele dedo grande e ossudo, lá vai ele, premiado pela Academia mas broxa. Quando disse a Lígia que estava naquela situação, ela me arrastou para o médico e disse, doutor, ele está muito moço para ser impotente, o senhor não acha? Deve ser uma virose ou vermes, quero que o senhor mande fazer todos os exames — e o médico olhou para mim e disse, você não foi premiado pela Academia? É a vida. Voltamos para casa, deitamos, e logo que Lígia dormiu eu me levantei e tirei o revólver da bolsa dela, para jogar no lixo, mas o edifício onde morávamos era antigo e não tinha lixeira, e eu fiquei com o revólver na mão e só me vinha à cabeça a imagem de Marcel Proust, de bigodinho e flor na lapela, brandindo o guarda-chuva para as nuvens, exclamando zut! zut! zut! Afinal decidi sair e jogar a arma num bueiro da rua. Era tarde da noite e quando eu me curvava na sarjeta, tentando enfiar o revólver através do ralo, chegou um crioulo com um canivete na mão dizendo, passa a grana e o relógio para cá senão eu te furo. Porra, o meu relógio japonês de quartzo, que eu não tiro do pulso nem para dormir e que atrasa apenas um segundo em seis meses! Levantei-me e só então o crioulo viu o revólver na minha mão, deu um passo para trás assustado, mas aí já era tarde, eu já tinha apertado o gatilho, bum! e o crioulo caiu no chão. Voltei correndo pra casa dizendo, matei o crioulo, matei o crioulo, enquanto na minha cabeça polifásica Joyce perguntava para a irmã dele, pode um padre ser enterrado de batina? podem ser realizadas eleições municipais em Dublin durante o mês de outubro? até que cheguei no quarto, ainda com o revólver na mão, zut! zut! zut! e sem saber direito o que fazia, botei o revólver de volta na bolsa de Lígia. Passei o resto da noite sem dormir. Quando Lígia acordou eu disse, pode me matar, mas eu vou embora, e comecei a me vestir.

Lígia ajoelhou-se aos meus pés e disse, não me abandone, logo agora que estás na moda com os teus cabelos negros penteados com brilhantina, serás explorado pelas outras mulheres, fomos feitos um para o outro, sem mim nunca acabarás o romance, se me deixares eu me mato, deixando uma terrível carta de despedida. Eu olhei bem para ela e vi que Lígia estava falando a mais absoluta verdade e por instantes fiquei na dúvida, o que era melhor para um jovem escritor, um prêmio da Academia ou uma mulher que se mata por ele, deixando uma carta de despedida, culpando-o desse gesto de amor desesperado? Para mim o romance já acabou, eu disse, e fiz uma face escarninha e saí batendo a porta com estrondo. Fiquei parado no corredor algum tempo, esperando Lígia abrir a porta e me chamar como ela sempre fazia quando brigávamos, mas nesse dia isso não aconteceu. Eu estava com vontade de voltar, e me sentia sozinho e além de tudo estava preocupado com a morte do crioulo, mas fui em frente e andei pelas ruas até que entrei num bar para tomar cerveja. Na mesa ao lado havia uma mulher e eu sorri para ela, ela sorriu de volta e logo estávamos sentados à mesma mesa. Era estudante de enfermagem, mas gostava mesmo era de cinema e poesia. Fernando Pessoa, Drummond, Camões (o lírico), aquela coisa manjada de sempre, Fellini, Godard, Buñuel, Bergman, sempre a mesma coisa, raios, sempre as mesmas figuras. É claro que a cretina não me conhecia. Quando eu disse que era escritor, notei que seu rosto se acendeu de expectativa, mas ao dizer meu nome ela perguntou desanimada, como? e eu repeti, e ela deu um sorriso amarelo, nunca tinha ouvido falar. Tomamos caipirinha, na minha cabeça uma névoa gostosa, Conrad dizendo que vivi tudo aquilo e a moça repetiu a pergunta, você escreve sobre o quê?

Sobre pessoas, eu disse, minha história é sobre pessoas que não aprenderam a morrer e tomamos mais algumas caipirinhas. Escreve uma história de amor, disse a enfermeira, e já era tarde da noite e eu me dirigi para casa, entrei trôpego e disse para Lígia, que estava na cama dormindo, a história que a gente está escrevendo é de amor? mas Lígia não me respondeu, permaneceu em seu sono profundo. Então vi o bilhete na mesinha de cabeceira, junto com o vidrinho vazio de pílulas tranquilizantes: José, adeus, sem ti não posso viver, não te culpo de nada, te perdoo; queira Deus que te tornes um dia um bom escritor, mas acho difícil; eu viveria contigo, mesmo impotente, mas também disso não tens culpa, pobre infeliz. Lígia Castelo Branco. Sacudi Lígia com força, mas ela estava em coma. Tentei telefonar mas o meu telefone estava enguiçado, zut, zut, Gustave, le mot juste, desci as escadas correndo, quando cheguei no orelhão vi que não tinha ficha para o aparelho e naquela hora estava tudo fechado, e de repente, inferno! surgiu um assaltante, raios, desgraça maldita! mas não, não, eis que reconheci o assaltante, era o mesmo crioulo em que eu havia atirado, ele estava vivo! Ele também me reconheceu e saiu correndo talvez com medo de levar outro tiro. Corri atrás dele gritando, hei, hei! você tem uma ficha de telefone? Minha mulher está passando mal, preciso ligar para o pronto-socorro — e corremos uns mil metros até que ele parou, respirando com dificuldade, era subnutrido e doente, e mal conseguiu dizer arquejante, por favor, não me dê um tiro, sou casado e tenho filhos para sustentar. Eu disse, quero uma ficha de telefone. Ele tinha uma ficha para me emprestar, amarrada num fio de náilon. Liguei para o pronto-socorro, puxei a ficha de volta e entreguei ao ladrão, perguntando se ele não queria ir até a minha casa, me dar apoio moral. Fomos, e o ladrão, que se chamava Enéas, fez café para nós enquanto eu me lamentava da vida. Não leve a mal, disse Enéas, mas acho que a sua mulher bateu as botas, está fria que nem uma lagartixa. O pronto-socorro chegou, o médico examinou Lígia e disse, vou ter que avisar a polícia, não mexa em nada, esses casos de suicídio têm que ser comunicados — e me olhou esquisito, será que tinha lido todo o bilhete? Ao ouvir a palavra polícia, Enéas disse que estava na hora de se retirar, sabe como é, sinto muito meu chapa — e foi embora, me deixando sozinho com o cadáver. Chorei um pouco, para falar a verdade muito pouco, não por falta de sentimento, mas é que a minha cabeça estava em outras coisas. Sentei na máquina de escrever: José, meu grande amor, adeus. Não posso obrigá-lo a me amar com o mesmo fervor que lhe dedico. Tenho ciúmes de todas as lindas mulheres que vivem à sua volta tentando seduzi-lo; tenho ciúmes das horas que você passa escrevendo o seu importante romance. Oh, sim, amor da minha vida, sei que o escritor precisa de solidão para criar, mas esta minh'alma mesquinha de mulher apaixonada não se conforma em partilhar você com outra pessoa ou coisa. Meu querido amante, foram momentos maravilhosos os que passamos juntos! Sinto tanto não poder ver terminado esse livro que será sem dúvida uma obra-prima. Adeus, adeus! queira-me bem, lembre-se de mim, perdoa-me, ponha uma rosa na minha sepultura, no Dia de Finados. Sua Lígia Castelo Branco. Assinei, fazendo a letra redondinha de Lígia, e coloquei a carta na mesinha de cabeceira, depois peguei a carta que ela havia escrito, rasguei, botei fogo nos pedacinhos e joguei as cinzas no vaso sanitário. Impotente e mau escritor — merda! o que foi que eu fiz para ela me tratar assim? — eu era gentil, apaixonado, não era?

— enquanto pensava nisso, fui na geladeira e apanhei uma cerveja — tratava Lígia com consideração e dignidade, não tratava? se alguém mandava em alguém, era ela que mandava em mim, ela era uma pessoa livre, eu é que era obrigado a fazer ginástica, dieta, deixar de beber — levantei e apanhei outra cerveja — e agora ela dizia que achava difícil eu me tornar um grande escritor — o que foi que eu fiz? amei e foi assim que ela me pagou, engolindo um vidro de Mogadon e deixando uma carta cheia de aleivosias? — apanhei outra cerveja e olhei para Lígia na cama, agora o seu rosto estava em repouso — ela era bonita, e muito mais nessas horas em que estava pálida, sem pintura, e viam-se as sardas em cima do rosto e os lábios ficavam desarmados — levantei e tomei outra cerveja — pobre Lígia, por que foi que você se meteu com um escritor? — e cheguei perto dela e segurei no seu ombro que começava a ficar duro, além de frio, e disse, hein? hein? por que se meteu com um escritor?, somos todos uns egoístas nojentos e tratamos as mulheres como se fossem nossas escravas, você ganhava o dinheirinho para nos sustentar e eu criava a filosofia, hein, por quê? — e levantei, apanhei outra cerveja e voltei para perto de Lígia, pois ainda não havia terminado o meu discurso — e continuei, jogamos fora a nossa vida, pensando que duas pessoas podiam ser uma só, pobres ingênuos esperançosos — e juro que nesse instante o peito de Lígia se dilatou como se ela tivesse dado um suspiro — os vermes vão te comer, meu amor — e tomei outra cerveja, zut, como é que havia tanta cerveja, aquilo é que era dona de casa — os vermes vão te comer, mas quero que você saiba esta verdade — e neste instante minha bêbada memória me falhou e eu fiquei ali ao lado do feio cadáver frio sem saber o que dizer — beijei os lábios de Lígia com insuportável asco —

fui na geladeira e apanhei a última garrafa de cerveja, afinal ela não era tão boa dona de casa assim, minha sede ainda não havia acabado — e nesse instante a polícia chegou. Dois homens, um logo me perguntou quem eu era e o outro pegou na carta, e os dois leram e não me deram mais importância, continuavam uma conversa anterior — até que um deles perguntou, ela andava nervosa? — fizeram perguntas que eu não entendia, o tempo não passava, eu queria dormir, um me perguntou, o telefone está enguiçado? temos que chamar a perícia, e o outro disse, se matar por um raquítico desses, as mulheres são loucas, e saiu para chamar a perícia pelo rádio do carro, enquanto o colega ficou fumando calmamente — era uma manhã opressiva — da janela eu via todas as chaminés dos prédios de apartamentos, jogando uma fumaça branca no ar, milhares de lixeiras fumegantes, trazendo de volta, pelo ar, como um anjo maldito, o lixo jogado fora — meu corpo era raquítico mas era meu, assim como o meu pensamento polifásico. Então chegaram os homens da perícia, com máquinas fotográficas, cadernos de apontamentos, fitas métricas — chegaram mais dois homens, vestidos com uma espécie de uniforme que parecia uma versão pobre de um traje elegante de verão, e jogaram o corpo de Lígia numa caixa de alumínio e levaram Lígia para os vermes — não aprendeste a morrer, desgraçada, também tu? — e o policial que chefiava me intimou para depor no dia seguinte — o corpo seria autopsiado e depois ficaria à minha disposição — para quê? — e lá se foram eles, levando a carta de Lígia — imaginei os jornais do dia seguinte, Linda Mulher se Mata por Jovem Escritor — não tenho culpa do que aconteceu, disse o Jovem e Renomado Escritor ao ser entrevistado por esta folha, lamento muito a morte desta pobre e tresloucada criatura, é tudo o que posso dizer — a reportagem desta folha descobriu que não é a primeira vez que uma mulher se mata de amor pelo Jovem Escritor, há dois anos, em Minas Gerais — não, Minas Gerais não; melhor no Rio mesmo — há dois anos, no Rio de Janeiro, uma francesa estudante de antropologia — chega de pensamento polifásico, pensei, e saí e fui até o bar e estava na terceira caipirinha quando sentaram numa mesa ao lado duas garotas e uma foi logo me dizendo, oi. Oi, eu, e peguei meu copo e mudei de mesa; uma era modelo de anúncio de televisão e a outra não fazia nada. E você? Sou assassino de mulheres — podia ter dito, sou escritor, mas isso é pior do que ser assassino, escritores são amantes maravilhosos por alguns meses apenas e maridos nojentos pela vida afora — e como é que você mata elas? — veneno, o lento veneno da indiferença — uma se chamava Íris, a que não fazia nada, e a outra Suzana, me chama de Suzie. Não me lembro de mais nada, fiquei bêbado e acordei no dia seguinte com ressaca — com menos de trinta anos e já sofrendo dos lapsos de memória dos alcoólatras, além de ver duplo o meu palimpsesto depois da quarta caipirinha. Saí, comprei os jornais e apenas *O Dia* noticiava a morte de Lígia: Costureira se Mata em Copacabana, era o título, na sexta página, e em letra pequena estava escrito que o companheiro da costureira havia dito que a mulher sofria dos nervos. Fui à delegacia e esperei duas horas que o escrivão me atendesse. Ele botou o papel na máquina: Que o declarante vivia maritalmente com Lígia Castelo Branco, a suicida, Que no dia 14 de julho saiu de casa para tomar uma bebida, deixando Lígia na casa que habitavam, na rua Barata Ribeiro, 435, ap. 12, Que ao voltar, horas depois, verificou que a referida Lígia estava em coma, e chamou o pronto-socorro, Que, ao chegar, o médico constatou a morte de Lígia, Que Lígia deixou uma carta esclarecendo que havia cometido suicídio, Que a polícia avisada pelo médico chegou pouco depois, sendo o local periciado e o corpo removido para o Instituto Médico Legal. Assinei embaixo onde ele mandou. Na delegacia estava um fotógrafo de jornal que perguntou se eu tinha um retrato da moça, suicídio, não foi? Um caso de amor desvairado, eu disse, e os jornais não deram nada, a carta dela é comovente. O fotógrafo disse que estava com um foca que era uma besta, estagiário e analfabeto, que ele mesmo ia fazer a matéria, como é mesmo o nome dela, e o seu? — e me fotografou de vários ângulos enquanto eu dizia, sou escritor, premiado pela Academia, estou escrevendo um romance definitivo, a literatura brasileira está em crise, uma grande merda, onde estão os grandes temas de amor e morte? Fui dormir esperando o dia seguinte e tudo saiu no jornal, com destaque, o meu retrato, magro, romântico, pensativo e misterioso e embaixo a legenda aspas amor e morte não se encontram nos livros aspas. A manchete era, Figurinista do Society se Mata pelo Amor de Conhecido Escritor. Lígia Castelo Branco, a bela e conhecida figurinista da high society, matou-se ontem, após romper com seu amante, renomado romancista brasileiro. Meu coração batia de satisfação, a carta tinha sido transcrita na íntegra e embaixo do retrato de Lígia estava escrito aspas bela jovem se Mata mas o mundo não se importa aspas. A notícia falava ainda do meu livro, mencionava minhas palavras na delegacia, inventava uma vida elegante para Lígia, felizmente o jornalista era mentiroso. Ao trabalho, bradei em meu pensamento polifásico, e voltei correndo para casa, sentei na frente da máquina de escrever, disposto a terminar o meu romance num só arranco, mesmo sem a minha Anna Grigorievna

Castelo Branco Snitkina. Mas não saía uma única palavra, uma sequer, eu olhava para o papel em branco, torcia as mãos, mordia os lábios, bufava e suspirava mas não saía nada. Então procurei me lembrar da técnica que eu usava: Lígia datilografava enquanto eu ficava andando e ditando as palavras. Levantei-me e tentei repetir o mesmo processo, mas era impossível, eu gritava uma frase, corria, sentava na máquina, batia rapidamente, depois levantava, andava, ditava outra frase, sentava, escrevia, levantava, ditava, sentava, andava, sentava, levantava, mas em pouco tempo verifiquei que eram inteiramente idiotas as palavras que eu estava escrevendo no papel. Com Lígia eu não lia as palavras à medida que elas iam sendo escritas, é isso, pensei; com Lígia eu ficava andando pela sala, jogando as palavras em cima dela, enquanto ela batia velozmente no teclado e eu só via o resultado mais tarde, às vezes no dia seguinte. Tentei escrever sem ler o que estava escrevendo, deixando o meu pensamento correr, mas vi que tudo estava sendo uma porcaria intragável, e então, então, horrorizado, percebi tudo — com as mãos trêmulas e o coração gelado, apanhei as folhas datilografadas por Lígia e li o que estava escrito e a verdade se revelou brutal e sem apelação, quem escrevia o meu romance era Lígia, a costureira, a escrava do grande escritorzinho de merda, não havia ali uma só palavra que fosse verdadeiramente minha, ela é quem tinha escrito tudo e aquele ia ser mesmo um grande romance e eu, o jovem alcoólatra, nem ao menos percebera o que estava acontecendo. Deitei-me na cama com vontade de morrer, sim, sim, como disse aquele russo, a vida me ensinara a pensar, mas pensar não me ensinara a viver, e então a campainha tocou e entrou um homem calvo, barrocamente vestido, lenço vermelho no bolso, anel de rubi, gravata dourada com um alfinete de pérola, camisa colorida e terno de listas, que se apresentou como detetive Jacó e me pediu que escrevesse o nome de Lígia por extenso num papel, e eu escrevi e ele foi embora e eu voltei a deitar na cama, triste e com fome, uma fome tão forte que me fez levantar e ir para o bar, onde bebi várias garrafas de cerveja, o que aliviou a minha dor. Voltei para casa e reli o romance de Lígia: uma obra-prima irretocável, poderia ser publicado assim mesmo, só quem soubesse que não tinha sido terminado, e isso ninguém sabia, perceberia que faltava alguma coisa, mas pensando bem que coisa era essa? o que Lígia estava esperando para dar o livro por terminado? Isso era fácil de responder, Lígia não ia acabar nunca, o romance que ela fingia que estava escrevendo era o que me unia a ela, Lígia temia que o fim do livro fosse o fim do nosso envolvimento e no meio do meu pensamento polifásico surgiu a certeza de que Lígia não quisera se suicidar, apenas me dar um susto; se quisesse se suicidar ela poderia dar um tiro na cabeça, ela manejava armas com perfeição, por que iria tomar as minhas malditas pílulas? A campainha tocou e era Jacó, o detetive, agora usando outra roupa colorida, outro alfinete na gravata; entrou, sentou-se dizendo, meus pés estão me matando, posso tirar os sapatos? e ele usava meias coloridas e seus pés tresandavam a perfume, fedor que aumentou quando Jacó tirou um vidrinho do bolso e borrifou mais perfume sobre as meias. Você está em maus lençóis, meu filho, a Técnica provou que a assinatura da morta foi forjada por você e as pílulas foram compradas com uma receita em seu nome e além disso você já quis matar uma freira sem nenhum motivo a não ser satisfazer o seu já agora comprovado gênio violento. Protestei, violento? Eu sou uma alma gentil e doce, o senhor não me conhece — e calei a boca, pois

Jacó levantou o pé direito até a altura do nariz, cheirou, e disse, a coisa que eu mais odeio é chulé, e além disso, prosseguiu, tem ainda a briga entre você e a morta, temos o depoimento do médico, e finalmente — Jacó tirou do bolso uma calçadeira de tartaruga onde estava escrito Hotel Casa Grande e enfiou cuidadosamente os pés nos sapatos — finalmente, apareceram duas garotas na delegacia que disseram ter ouvido você dizer num bar que já havia envenenado algumas mulheres, vamos embora, meu filho. Eu posso explicar tudo, eu disse — mas Jacó me cortou, explica na delegacia, vamos embora. Peguei o livro e descemos juntos, entrei no carro da polícia, meu pensamento polifásico — Romancista Famoso Acusado de Crime de Morte, Editores em Fila Batendo nas Grades do Xadrez — consagr

O PEDIDO

Durante dois dias Amadeu Santos, português, viúvo, biscateiro, rondou o depósito de garrafas de Joaquim Gonçalves, sem coragem de entrar. Mas naquele dia chovia muito e Amadeu estava cansado, com a perna doendo do reumatismo. Além disso a bronquite crônica fazia-o tossir sem parar.

Amadeu caminhou pelo meio das pilhas de garrafas empoeiradas até o fundo do depósito, onde, sentado numa mesa, estava Joaquim. Eles, ainda meninos, haviam emigrado juntos e não se viam há cinco anos, desde que brigaram por motivo que Amadeu nem se lembrava mais. Mas de qualquer forma estavam brigados, mesmo que Amadeu não soubesse por quê. Mas Joaquim devia saber, e isso tornava ainda mais constrangedora a visita de Amadeu.

Joaquim estava sentado numa velha secretária, fazendo contas a lápis, num pedaço de papel de embrulho pardo. Era um homem calvo, e os cabelos restantes estavam grisalhos. Joaquim, ao ver Amadeu, não o reconheceu imediatamente. Amadeu era, na sua lembrança, um homem forte e bonito e à sua frente estava um rebotalho magro e abatido, visivelmente minado pelas privações e pela doença.

Como estás, Joaquim?, disse Amadeu, sem coragem de lhe estender a mão.

Vou indo, como Deus manda, respondeu Joaquim, secamente.

E os negócios, como vão?

Não me queixo, disse Joaquim imaginando qual seria o propósito da visita de Amadeu. As surradas roupas deste, os sapatos velhos mostravam que Amadeu não estava bem de vida. Mas os negócios não são mais como antigamente, acrescentou Joaquim, já prevendo um possível pedido de dinheiro. Não creio que ele tenha a audácia de me pedir alguma coisa, pensou Joaquim, afinal somos inimigos, não nos falamos há anos.

Posso me sentar?, perguntou Amadeu, que sentia as pernas doendo.

Senta, disse Joaquim.

Amadeu sentou-se e ficou em silêncio, olhando para o chão. Joaquim voltou a fazer as suas contas no papel, mas, de vez em quando, levantava os olhos e observava Amadeu. Somos da mesma idade mas eu não estou assim acabado, pensou com uma sensação amarga de desforra. Também sentiu, bem no íntimo, um sentimento de pena, contra o qual lutou. Nos últimos cinco anos ele esperara aquele momento de vingança. Mas não sentia nenhum prazer.

Sem tirar os olhos do chão, Amadeu disse:

Será que podias me emprestar quinhentos cruzeiros? Não ando bem de saúde e tive que parar de trabalhar.

Joaquim levantou os olhos das contas e disse: Quinhentos cruzeiros? Pode não parecer, mas isso para mim é muito dinheiro.

Eu sei, mas não tenho ninguém a quem pedir, disse Amadeu humildemente. No fundo de suas olheiras doentes, seus olhos estavam opacos de vergonha.

E o teu filho doutor? Por que não pedes a ele?, disse Joaquim com escarninho.

Meu filho morreu.

Amadeu contou que o filho Carlos, logo depois de formado, havia se casado com uma colega da faculdade, uma moça baiana, e que os dois haviam se mudado para a terra dela, onde pretendiam clinicar. Um ano e meio depois, já com um filho pequeno, Carlos morrera num desastre de automóvel.

Até hoje não conheço o meu neto, disse Amadeu.

Joaquim brigara com Amadeu por causa do filho médico deste. Joaquim também tinha um filho, Manuel, que era um vadio, ignorante, não gostava de estudar e nem terminara o ginásio. As relações dos dois foram se envenenando à medida que Carlos fazia os cursos e Manuel passava os dias vagabundeando pelas ruas. No dia em que Carlos se formou, Joaquim, sentindo-se pessoalmente afrontado, deixara de falar com Amadeu.

Dinheiro não dá em árvores, disse Joaquim, num tom de voz mais ameno. Passei anos e anos invejando um morto, pensou ele. Por que não vendes o carrinho de mão?

Já vendi, respondeu Amadeu. Ele podia ter acrescentado que um dia, ao fazer um carreto de móveis, desmaiara na rua Leandro

Martins e tivera que ser hospitalizado às pressas. O carrinho de mão fora vendido para pagar as despesas. Amadeu também não disse que devia há seis meses o aluguel do miserável quarto que habitava, e que se alimentava apenas de uma magra sopa por dia.

Por que não pedes o dinheiro à tua nora?

Tenho vergonha, disse Amadeu. Ele se sentia como se estivesse nu, no meio de uma praça, e sujo. Mas estava disposto a aguentar a sua humilhação até o fim.

Para que queres tanto dinheiro? Uma passagem de ônibus para a Bahia custa menos.

Eu queria dar algum ao meu senhorio, disse Amadeu. Ele tem sido muito bom comigo. É o Magalhães, da Covilhã, não sei se o conheces.

Joaquim não conhecia.

A miséria de Amadeu, e principalmente a morte de seu filho doutor, haviam dissipado parte do antigo ressentimento.

Não sei se tenho todo esse dinheiro aqui, disse Joaquim, levantando-se e indo até a um velho cofre no canto da sala. Amadeu percebeu que Joaquim ia lhe emprestar o dinheiro, e em sua mente começaram a desfilar imagens de sua vida nova na Bahia, com a nora (que não se casara novamente) e o neto. Há anos que sua mente cansada não era povoada de pensamentos tão felizes. A sua perna, que desde que chegara no depósito de garrafas doía horrivelmente, parou de doer. Seu coração se encheu de carinho pelo seu patrício e amigo, e lembrou-se da viagem que haviam feito ainda meninos, no navio de emigrantes, da adolescência passada juntos, sem dinheiro, mas com saúde, e em mínimos detalhes recordou, como se tivesse ocorrido no dia anterior, de uma festa na igreja da Penha, num domingo, eles deitados debaixo de uma árvore, com as moças, que viriam a ser as suas mulheres, tomando vinho de um garrafão e se embriagando maravilhosamente. Preciso dizer alguma coisa boa para ele, pensou Amadeu, até agora só contei as minhas desgraças e pedi dinheiro.

Como vai o Manuel? Ele está bem?, perguntou Amadeu.

Joaquim estava curvado sobre o cofre, contando o dinheiro quando Amadeu fez a pergunta. Ele parou como se tivesse levado um choque.

O quê?, exclamou Joaquim.

Como vai o Manuel?, repetiu Amadeu, surpreendido com o tom de voz de Joaquim.

Joaquim jogou o dinheiro de volta dentro do cofre, fechando a porta com força.

Por que me perguntas uma coisa dessa?, falou Joaquim com mágoa maior do que a raiva que sentia.

Eu... eu — balbuciou Amadeu.

Sabes muito bem como vai esse cretino!

Eu não sei de nada, protestou Amadeu. Mas Joaquim não prestou atenção ao que Amadeu dizia e gritou:

O vagabundo não faz nada, nem para garrafeiro ele serve. Dorme o dia inteiro e à noite sai para passear. Um homem de mais de trinta anos vivendo às custas do pai, do pai não, da mãe, que é uma cabeça d'alho chocho e tira dinheiro do meu bolso para dar a ele. Um dia eu o mato, o parasita inútil.

Eu não sabia..., disse Amadeu tristemente. Antes um filho morto, ele pensou. E uma lágrima seca, feita quase somente de sal, escorregou do seu olho, uma lágrima pelo filho dele e pelo filho de Joaquim.

Quando viu a lágrima brilhante escorrendo lentamente pela face de Amadeu, Joaquim calou-se, constrangido. Lentamente Amadeu levantou-se e, antes de sair caminhando com dificuldade, disse, adeus.

Joaquim ficou sentado um instante curto. Eu não sou essa pessoa, ele pensou envergonhado com a sua mesquinhez, e correu em direção à porta da rua gritando, Amadeu! Amadeu! volta, eu te dou o dinheiro, volta!

Mas ao chegar à rua, esta estava deserta. Joaquim ainda gritou o nome do amigo algumas vezes, enquanto escorriam pelo seu rosto lágrimas abundantes e úmidas, de homem gordo e forte.

O CAMPEONATO

Todos nós, animais de sangue quente, sabemos que tudo vai acabar.

No Hotel Aldebaran se realizava o grande campeonato (não oficial) de conjunção carnal. Uma atividade que devia ser comum a todos os seres humanos, mas estava circunscrita aos profissionais.

Ao ser contratado, eu não me incomodava com isso. Eu vivia de arbitrar os últimos grandes confrontos de nossa natureza primitiva e não podia perder tempo com reflexões filosóficas.

O campeonato de conjunção carnal tinha sido declarado fora da lei. Mas isso não impediu o encontro não oficial entre Miro Palor (rima com valor) e Maurição Chango (rima com tango). E ninguém melhor do que eu para contar a história desse extraordinário acontecimento.

Meu nome é Açoreano, Mediador de profissão. Sou honesto, organizado, soberbo e de maus humores.

Minha última arbitragem, antes que J.R. me chamasse, ocorrera no concurso entre os renomados gourmets Vinícius Pensil e Aniceto Martorelli, tendo este ingerido, na minha frente, um quilo de salmão canadense defumado, 500 gramas de scargots à provençale, 300 gramas de caviar negro do mar Cáspio, 400 gramas de trutas meunière, 900 gramas de faisão à façon du chef, 500 gramas de paté truffé de Strasbourg, duas garrafas de Trockenbeerenauslese, duas garrafas de Château-La-tour (grand millésime) e meia jaca, de 750 gramas. Um mártir do joie de vivre. Na sua inumação discursou sua exa. o desembargador de Alçada Uchoa, presidente de honra da Real Sociedade Gastronômica, de cuja sede saiu o féretro. De todos os gastrônomos que conheci, nos vários concursos que arbitrei, Aniceto teve a morte mais gloriosa. Explodiu numa monumental congestão, no momento exato de ser proclamado vencedor, ainda no fragor entusiasmado do aplauso unânime dos assistentes, logo após engolir o último gomo de jaca.

O campeonato de conjunção carnal estava proibido. Uma comissão de sábios de alto nível investigava os seus efeitos sobre o desenvolvimento psicossocial dos jovens.

O último campeão era esse homem magro, calvo, nervoso, chamado Miro Palor.

Uma tarde, na sauna do Hotel Superpalace, Palor encontrou-se com um indivíduo musculoso e grande, chamado Maurição Chango. Palor era o recordista oficial, com quatorze conjunções em vinte e quatro horas. Maurição, ao avistar Palor, abriu os braços, bateu com força no peito musculoso e, na frente de todos que estavam lá — Gorki, o Corretor Autorizado; M. Ribas, Reserva de Segunda; o Atacadista Zamir Jacob; o Médico Axelrud; o Executivo J.R., que foi quem me contratou —, e perante essa gente toda disse "faço mais do que isso". "Mais de quatorze, em vinte e quatro horas?", o pessoal se espantou. Só Palor continuou quieto, no seu canto da sauna, como se nada fosse com ele, imperturbável, sabendo talvez que o destino do campeão é ser desafiado sem trégua. Então J.R. propôs um campeonato mundial de conjunção carnal, não oficial.

Foram falar com Palor. O recordista, com a mão no queixo, olhando para o chão, disse "este cavalheiro não tem cartel para me desafiar". J.R., o Executivo, garantiu que financiava todo o evento, oferecendo ainda uma bolsa de quinhentos mil, livre de encargos fiscais. Era difícil resistir, Palor aceitou.

Havia o problema da supervisão do concurso. A Confederação Nacional Desportiva de Conjunção Carnal estava em recesso. O campeonato, apesar de realizado secretamente, teria que ser fiscalizado. Então J.R. mandou me chamar e eu vim, todo vestido de preto, com os meus dois assistentes, e perante os organizadores disse "minhas decisões são incontestáveis, quero carte blanche, eu sou o Açoreano, comigo ninguém discute, eu sou a Lei e o Juiz".

No jargão utilizado por juristas & rábulas na redação de contratos e outros instrumentos legais, lavrei o regulamento da competição, que em tradução livre daria mais ou menos isto: Das doze horas de sábado às doze horas de domingo, o contendor que realizar o maior número de conjunções carnais será considerado vencedor. Os contendores permanecerão cada um em seu quarto, assistidos por um dos meus fiscais, até mesmo ao fazerem suas necessidades fisiológicas menos nobres. Como estimulantes extras, somente poderão ser utilizados recursos audiovisuais, compreendidos filmes mudos e sonoros, em cor e black & white, projeção de slides e material impresso. É proibida a colaboração de terceiros, qualquer que seja. Além do contendor, do fiscal e da parceira, que poderá ser trocada após cada conjunção, ninguém mais entrará nos respectivos quartos durante as vinte e quatro horas da disputa. Eu poderei entrar na hora que bem entender, como Árbitro Inconteste. É proibido o uso de estimulantes conhecidos como neoafrodisíacos. São proibidos os eletrodomésticos. Somente será computada a conjunção que obedecer cumulativamente aos seguintes quesitos: introdução vaginal do pênis, não importa o tempo de seu transcurso, seguida de emissio seminis, também intra vas, mínimo de meio centrímetro cúbico. Copula genitalis. Qualquer infração será levada ao conhecimento do Árbitro Inconteste, que poderá, a seu juízo, desclassificar in limine o infrator, adjudicando a bolsa ao outro contendor.

Nota: Em nossa sociedade, o orgasmo resultante de conjunção carnal simples tinha uma incidência estatística muito baixa. As pessoas normais, ou, mais precisamente, a maioria das pessoas, usavam eletrodomésticos, ou então, aqueles cidadãos mais sofisticados valiam-se dos coadjuvantes psicoquímicos sutis denominados realizadores simbólicos, que permitiam o autoêxtase.

Providenciei o aluguel de um pequeno hotel na orla marítima, o Aldebaran, para a realização do campeonato. Nos quartos foram instalados equipamentos para transmissão de TV em circuito fechado; no living principal foram colocados dois vídeos de duzentas polegadas, para os apostadores poderem acompanhar os principais lances da porfia.

O cânter (apresentação dos concorrentes) foi marcado para as dez horas da manhã de sábado. Cada concorrente credenciou um assessor, ou segundo. Maurição indicou Gorki, e Palor apresentou Ursinho Meireles, mestre em artes e tecnitrônica.

Os assessores foram incumbidos do planejamento tático e estratégico das respectivas campanhas. Basicamente os dois planejamentos obedeciam a parâmetros semelhantes, adotando a mesma sistemática e metodologia. Os itens principais eram: 1) as parceiras, seu recrutamento, contratação, concentração e hierarquização; 2) os recursos audiovisuais — filmes, slides, posters, gráficos, música & ruído, display e análise de feedback; 3) a alimentação, que consistia no balanceamento de rações e fixação de critérios nutrientes adequados; e, finalmente, 4) o entretenimento, que abrangia jogos táteis, comics, sheepcounting e pseudo-onfalopsiquismo. Foram previstas, em ambos os planos, as variáveis possíveis, em hipóteses centrais e secundárias.

Uma hora antes do cânter, Ursinho Meireles distribuiu informações sobre as parceiras de Palor. Eram quinze, todas com as medidas regulares estabelecidas pela Sociedade Nacional de Normas Biométricas, isto é, dotadas de perfeita relação de proporção entre altura, peso, centimetragem da cintura, da coxa, do busto, dos quadris, do pescoço e do tornozelo. Três tinham epiderme negra; quatro, epiderme parda de variados tons; três, epiderme branca e pelos louros autênticos; quatro, epiderme branca e pelos negros ou castanho-escuros e finalmente uma de etnia asiática definida. A mais nova tinha quinze anos e a mais velha vinte e seis (idade média: dezoito anos e seis meses). A mais baixa (a chinesa) tinha 1,50 de altura e a mais alta 1,77 (altura média: 1,66).

A mais magra (ainda a chinesa) pesava 39 quilos e a mais gorda 61 quilos (peso médio: 51,2 quilos).

Gorki não forneceu informações sobre as parceiras de Maurição. Iríamos vê-las durante as conjunções.

Sábado, às dez horas, começou o cânter. No living principal do Aldebaran estavam oitenta e seis pessoas importantes, a maioria do sexo feminino.

Ouvi a próspera escritora Eudora Blinis dizer alto, para o grupo de pessoas ricamente vestidas que a acompanhava, "adoro o primitivismo, a brutalidade, a naiveté, a candura e a crueldade desse tipo de porfia heterossexual".

Maurição e Palor desfilaram sem roupa, postando-se, ao fim, cada um em seu pedestal para que os apostadores pudessem examinar atentamente, além da postura, outros sinais mais íntimos de aptidão & vocação.

Eu ouvia as frases no ar. "Atenção para os músculos lombodorsocervicais de Palor, indício de robusta disposição", disse o médico Axelrud.

"As peças dos dois não são grande coisa", afirmou um homem pálido, vestido de pierrô.

"Há que temer a respiração abdominal profunda de Maurição", disse um dos Apostadores do Sul.

"Quero ver o brilho dos olhos deles, tudo está aqui!", exclamou uma mulher de macacão negro batendo com força na própria testa.

Nota: A impotência coeundi deixou de ser, como no século passado, uma doença social. A neurose, a angústia, a frustração têm outra etiologia.

Gorki, após a saída dos disputantes, anunciou que Maurição empregaria os seguintes recursos audiovisuais: cinco filmes dinamarqueses sonoros, em cor, um deles baseado na vida de Albert Fish, o conhecido canibal americano; quatro posters, um sintetizador erótico 9009, de sexta geração; dez revistas olfativas; coleção de cem slides, projetados em aparelho dotado do sistema instant-swap-with-dissolve, que permitia mudar rapidamente a posição das figuras, e um jogo de espelhos multivisão.

"Foi analisada a correlação estímulo-resposta desses elementos", acrescentou Gorki, "sendo excelente o resultado. Dificilmente Palor poderá acompanhar o ritmo de Maurição. Não vai ter nem graça".

Os torcedores de Maurição manifestaram com vibração sua alegria e eu gritei "silêncio! silêncio! isto não é um circo, colocarei fora do recinto aqueles que atentarem contra o decoro com gritos e assobios", e logo todos se calaram.

Ursinho Meireles subiu no pedestal onde até há pouco estivera Palor.

"Nós não vamos, como andaram dizendo neste salão, usar a metodologia clássica. Dos processos acadêmicos, o único que Miro Palor talvez use será o pseudo-onfalopsiquismo. Nossa estratégia, de grande singeleza, é baseada em três princípios. Primeiro, o ritmo progressivo parabólico com ponta de carga coincidente, uma técnica desenvolvida por Palor na ocasião em que disputou e venceu o campeonato da região Sudeste. Palor introduzirá no processo algumas modificações, para melhorar ainda mais o seu rendimento, e uma coisa eu garanto: nestas vinte e quatro horas, Palor dormirá pelo menos oito. Como disse Shakespeare, sleep, balm of hurt minds, great nature's second course, chief nourisher in life's feast."

Ursinho Meireles era um homem de cultura clássica e não foi aquela a única citação de seu autor favorito.

"O segundo princípio básico da estratégia de Palor é a alimentação", disse Ursinho. "Constará de ostras com limão, carne crua, leite gelado, ovos de tucano quentes. Nada de álcool. Como disse Shakespeare, alcohol raises the desire, but spoils the performance." Finalmente Ursinho encerrou sua locução dizendo que o último princípio básico era a meditação.

"Palor, entre uma conjunção e outra, meditará o tempo necessário para livrar-se dos condicionamentos polissêmicos repressivos multiestratificados. O ser humano é um animal e deve fazer tudo para manter sua pureza de instintos. Como disse Shakespeare, what a piece of work is man... the beauty of the world! the paragon of animals!"

Quando Ursinho acabou, os apostadores, já impacientes, apesar de ainda faltarem quinze minutos para as doze horas, tentaram fazer outra manifestação grosseira de aplauso, por mim coibida com a expulsão de meia dúzia de exaltados.

Às doze em ponto começou o confronto.

Verifiquei que Palor não estava usando a tela antisséptica entre ele e a parceira.

"Não vais usar a tela?", perguntei.

Da cama, Palor, iniciando a conjunção, disse, "não senhor".

Imediatamente a plateia, que tudo via e ouvia, ficou paralisada. Ninguém praticava a conjunção carnal sem tela antisséptica e, portanto, hipóteses começaram a ser levantadas, inclusive por mim. Estaria Palor apelando para a depravação, no sentido de uma volta ao passado, quando as pessoas tinham cheiro & bactéria? Ou, mancomunado com algum Apostador do Sul, fingia um efeito suicida? Ou acabara de inventar uma nova técnica, um breakthrough indecodável?

Nota: Quando inventaram o enzima U-2, que tirou o cheiro das fezes, o poeta J.O. Matos criou sua famosa ode: "o fedor, o calor, o amor, o fervor — eis o homem que acabou."

Palor terminou sua primeira conjunção em 45 segundos, e seu volume seminal foi de meio centímetro cúbico exato.

Maurição terminou em um minuto e doze segundos, e seu volume seminal foi de um centímetro.

Quando acabei de anunciar os números de Palor, houve gritos de espanto e aplausos que eu, também impressionado com o desempenho do campeão, deixei passar. Era recorde de volume para primeira etapa, só mesmo um campeão seguro e confiante se arriscaria a ser desclassificado emitindo exatamente o volume mínimo previsto no regulamento. Quanto menos sêmen o contendor gastasse, mais sobraria para novas conjunções.

O sêmen era ejaculado em condoms especiais, colocados nas peças dos contendores. Meus assistentes, após cada conjunção, retiravam os condoms e mediam, num aparelho chamado jismeter, a quantidade de líquido encontrado. Em seguida, técnicos examinavam o sêmen num pequeno laboratório que eu mandara instalar no hotel.

Um boletim foi publicado pelo laboratorista, com as características do meio centímetro de Palor: Cor, branco opalescente; Peso específico, 1,028; pH, 7,50. Presença de frutose, fosforicolina, ergotionina, ácido ascórbico, espermina, ácido cítrico, colesterol, fosfolípides, fibrinolisina, fibrinogenase, fosfato, bicarbonato, prostaglandina, hialuronidase. E quinhentos milhões de espermatozoides.

Maurição iniciou a segunda etapa às doze horas e quinze minutos, ou seja, treze minutos e 48 segundos após terminar a primeira conjunção. Seu tempo de duração baixou para um minuto, e o volume também foi menor, 750 milímetros.

"Eu disse a ele que controlasse sua natureza copiosa", informou Gorki aos apostadores, "Maurição tem muito a dar, mas neste jogo não se pode ser pródigo".

Palor iniciou sua segunda etapa às treze horas e 45 minutos, precisamente uma hora após completar a primeira. Durante essa hora de intervalo manteve-se sentado na clássica posição dos adeptos de Tabor, contemplando fixamente o umbigo. Palor baixou o tempo para trinta segundos e manteve o volume de quinhentos milímetros. Um prodígio de domínio psicossomático.

Às dezoito horas Maurição havia completado oito conjunções e Palor completara quatro. Tempo médio de Maurição: um minuto e dois segundos. Tempo médio de Palor: 48 segundos! Volume médio de Maurição: 800 milímetros. Volume médio de Palor: 522 milímetros cúbicos.

Maurição estava na posição supina, fones do sintetizador no ouvido para estimulá-lo, uma mulher de olhos verdes como parceira, quando entrei no quarto. Neste instante ele ejaculou, fazendo uma careta feia como se tivesse levado um golpe violento nos testículos. Meu assistente removeu o condom onerado, cuidadosamente.

"Quanto tempo?", perguntou Maurição ao meu assistente. "Dez minutos", disse o assistente.

"Dez minutos!", disse Maurição, aflito.

Palor estava só, em seu quarto.

"Podemos desligar os microfones, deixar só a imagem?"

"De acordo com o regulamento não é possível, os apostadores devem *ver* e *ouvir* tudo", eu disse.

"Então eles que ouçam", disse Palor.

“Eu vou ganhar esse campeonato”, Palor disse depois de breve reflexão. “Você entende que todos os campeonatos buscam apenas preservar a nossa natureza animal? Não podemos deixar de ser um animal. Não somos um inseto! Somos um animal! Ouviram, apostadores? acordem, apostadores! Nós somos animais!”

Olhando para Palor, vi que ele sabia que estava acabando. Esse é o destino de todos, de sangue quente, saber que estão acabando.

“Estamos presenciando”, disse Palor, “o grande instante final da conjunção carnal. O formigueiro nos espera. Você me entende?”

Respondi que entendia.

“O amor está acabando, porque o amor só existe por sermos animais de sangue quente. E hoje estamos finalmente representando o último poético circo da alegria de foder, que tenta opor as vibrações do corpo à ordem e ao progresso, aos coadjuvantes psicoquímicos e aos eletrodomésticos. A vocação do ser humano é ser humano. Não é ser organizado, nem fértil, nem ter o estômago cheio nas horas certas, nem ter como ideal o paraíso de uma placenta infinita.”

Palor ganhou o campeonato. Efetuou quinze conjunções carnais, nas vinte e quatro horas, batendo o seu próprio recorde.

Maurição completou apenas dez conjunções.

Ao me despedir de Palor, no Aldebaran vazio, eu disse:

“Vamos nos ver novamente?”

“Não sei. Acho que não”, disse Palor.

O Governo oficializou novamente os campeonatos. Já se passaram muitos anos e eu nunca mais vi Palor. Nem eu nem ninguém. Seu recorde nunca foi batido. É verdade que este tipo de esporte deixou de ser praticado já há algum tempo. Ninguém mais se emociona com ele, aqui no formigueiro.

NAU CATRINETA

Acordei ouvindo tia Olímpia declamar a *Nau Catrineta* com sua voz grave e possante de contralto.

Renego de ti demônio
que me estavas a atentar
a minha alma é só de Deus
o corpo dou eu ao mar.
Tomou-o um anjo nos braços
não nos deixou afogar,
deu um estouro o demônio,
acalmaram vento e mar
e a noite a Nau Catrineta
estava em terra a varar.

Lembrei-me então de que era o dia do meu vigésimo primeiro aniversário. As tias deviam estar todas no corredor, esperando--me acordar. Estou acordado, gritei. Elas entraram no meu quarto. Tia Helena carregava um velho e ensebado livro de capa de couro com presilhas de metal dourado. Tia Regina trazia uma bandeja com o meu café da manhã, e tia Julieta uma cesta com frutas frescas, colhidas em nosso pomar. Tia Olímpia vestia-se com o traje que usara ao representar a *École des femmes*, de Molière.

É tudo mentira, disse tia Helena, nem o demônio estourou, nem anjo algum salvou o capitão; a verdade está toda no velho Diário de bordo, escrito pelo nosso avô antigo Manuel de Matos, que tu já leste, e neste outro livro, o *Decálogo Secreto do tio Jacinto*, que vais ler hoje pela primeira vez.

No *Decálogo Secreto* estava definida a minha missão. Eu era o único varão de uma família, reduzida, além de mim, a quatro mulheres solteironas e implacáveis.

O sol entrava pela janela e eu ouvia os pássaros cantando no jardim da casa. Era uma bela manhã. Minhas tias perguntaram ansiosas se eu já escolhera a moça. Eu respondi que sim.

Daremos uma festa de aniversário hoje à noite. Trá-la aqui, para a conhecermos, disse tia Regina. As minhas tias cuidaram de mim desde que nasci. Minha mãe morreu de parto, e meu pai, primo-irmão de minha mãe, suicidou-se um mês depois.

Eu disse às tias que elas conheceriam a doce Ermelinda Balsemão, naquela noite. Os seus rostos se encheram de satisfação. Tia Regina entregou-me o *Decálogo Secreto do tio Jacinto* e todas saíram solenemente do quarto. Antes de começar a leitura do *Decálogo*, telefonei para Ermê, como eu a chamava, e perguntei se ela não queria jantar comigo e as tias. Ela aceitou satisfeita.

Abri então o *Decálogo Secreto* e comecei a ler os mandamentos da minha missão: É obrigação inarredável de todo primogênito de nossa Família, acima das leis de circunstância da sociedade, da religião e da ética...

Minhas tias retiraram seus mais pomposos vestidos de gala dos armários e baús. Tia Olímpia vestiu sua roupa favorita, que ela guardava para ocasiões muito importantes, o traje que ela usara ao representar Fedra pela última vez. Dona Maria Nunes, a nossa governanta, construiu enormes e elaborados penteados na cabeça de cada uma; como era praxe entre as mulheres da família, as tias nunca haviam cortado os cabelos. Eu fiquei no meu quarto, depois de ler o *Decálogo*, levantando da cama de vez em quando para ver o jardim e o bosque. Era uma missão dura, que o meu pai havia cumprido e o meu avô e o meu bisavô e todos os outros. Tirei logo o meu pai da cabeça. Aquele não era o momento certo de pensar nele. Pensei na minha avó que era anarquista e fabricava bombas no porão daquela casa sem que ninguém suspeitasse. Tia Regina costumava dizer que todas as bombas que explodiram na cidade entre 1925 e 1960 tinham sido vovó que fabricara e atirara. Mamãe, dizia tia Julieta, não suportava injustiças e esta era a maneira de demonstrar a sua desaprovação; os que morreram eram na maioria culpados e os poucos inocentes sacrificados tinham sido mártires de uma boa causa.

Da janela do meu quarto vi, iluminado pelo claro brilho da lua cheia, o carro de Ermê, com a capota arriada, entrar lentamente pelo portão de pedra, subir o caminho ladeado de hortênsias e parar em frente à alta casuarina que se erguia no centro do gramado. A brisa fresca da noite de maio punha em desalinho os seus finos cabelos louros. Por instantes Ermê pareceu ouvir o som do vento na árvore; depois olhou na direção da casa, como se soubesse que eu a estava observando, e passou o cachecol em torno do pescoço, varada por um frio que não existia, a não ser dentro dela. Com um gesto abrupto, acelerou o carro e partiu, agora resolutamente, em direção à casa. Desci para recebê-la.

Estou com medo, disse Ermê, não sei por que mas estou com medo. Acho que é esta casa, ela é muito bonita mas é tão sombria!

Você está com medo é das tias, eu disse.

Levei Ermê para a Sala Pequena, onde as tias estavam. Elas ficaram impressionadas com a beleza e a educação de Ermê, e trataram-na com muito carinho. Vi logo que Ermê havia recebido a aprovação de todas. Será nesta noite mesmo, eu disse a tia Helena, avise às outras. Eu queria terminar logo a minha missão.

Tia Helena contou, animada, aventuras dos parentes que remontavam ao século XVI. Todos os primogênitos eram e são obrigatoriamente artistas e carnívoros e, sempre que possível, caçam, matam e comem a presa. Vasco de Matos, um dos nossos avós, comia até as raposas que caçava. Mais tarde, quando começamos a criar animais domésticos, nós mesmos matávamos os carneiros, coelhos, patos, galinhas, porcos e mesmo os bezerros e vacas que comíamos. Não somos como os outros, disse tia Helena, que não têm coragem de matar ou mesmo ver matar um animal e apenas querem saboreá-lo inocentemente. Em nossa família somos carnívoros conscientes e responsáveis. Tanto em Portugal como no Brasil.

E já comemos gente, disse tia Julieta; o nosso avô antigo, Manuel de Matos, era imediato da Nau Catrineta e comeu um dos marinheiros sacrificados para salvar os outros da morte pela fome.

Ouvi agora, senhores, uma história de pasmar, lá vem a Nau Catrineta, que tem muito que contar..., recitei, imitando o tom grandiloquente de tia Olímpia. As tias todas, com exceção de Olímpia, tiveram um acesso de riso. Ermê parecia acompanhar tudo com curiosidade.

Tia Julieta, apontando-me com seu dedo comprido, branco e descarnado, onde brilhava o Anel com Selo D'Armas de família, disse: José está sendo treinado desde garotinho para ser artista e carnívoro.

Artista?, perguntou Ermê, como se aquilo a divertisse.

Ele é Poeta, disse tia Regina.

Ermê, que era estudante de letras, disse que adorava poesia — depois quero que você me mostre os seus poemas — e que o mundo precisava muito dos poetas. Tia Julieta perguntou se ela conhecia o Cancioneiro português. Ermê disse que havia lido alguma coisa no Garrett, e que entendia o poema como uma alegoria da luta entre o Mal e o Bem, acabando este por vencer, como é uso em tantas homílias medievais.

Então acreditas que o anjo salvou o capitão?, perguntou tia Julieta.

É o que está escrito, não? De qualquer forma, são apenas versos saídos da imaginação fantasiosa do povo, disse Ermê.

Então não acreditas que ocorreu um episódio verdadeiro, semelhante ao poema, no navio que levava daqui para Portugal, em 1565, Jorge de Albuquerque Coelho?, perguntou tia Regina. Ermê sorriu delicadamente, sem responder, como fazem os jovens com os velhos a quem não querem desagradar.

Dizendo que conheciam, elas e as irmãs, todos os romances marítimos que trataram do tema da Nau Catrineta, tia Regina saiu da sala para voltar pouco depois, carregada de livros. Este é *El náufrago salvado*, do poeta castelhano Gonçalo Berceo; este, as *Cantigas de santa Maria*, de Afonso, o Sábio: este o livro do pobre Teófilo Braga; este a Carolina de Michaëlis; este um romance incompleto do ciclo, achado nas Astúrias, com versos reproduzidos das versões portuguesas. E este, e este mais, e este — e tia Regina foi jogando os livros sobre a mesa manoelina no centro da Sala Pequena — todos cheios apenas de especulações, raciocínios sem fundamento, falsas proposições, impostura e ignorância. A verdade histórica temo-la aqui neste livro, o Diário de bordo de nosso avô antigo, Manuel de Matos, imediato do navio que em 1565 levou daqui para Portugal Jorge de Albuquerque Coelho.

Depois disso fomos para a mesa. Mas o assunto não havia sido encerrado. Era como se o silêncio de Ermê estimulasse ainda mais minhas tias a falar do assunto. No poema, que os jograis se encarregaram de espalhar, o capitão é salvo da morte por um anjo, disse tia Julieta. A verdadeira história, que está no Diário do nosso avô antigo, nunca foi sabida para que fossem protegidos o nome e o prestígio de Albuquerque Coelho. Estás gostando das lulas? É uma receita antiga, da família, e este vinho veio de nossa quinta em Vila Real, disse tia Regina. O historiador Narciso Azevedo, do Porto, que vem a ser aparentado nosso, felizmente não de sangue — é apenas casado com nossa prima Maria da Ajuda Fonseca, de Sabrosa —, alega que, durante a viagem, alguns marinheiros fizeram um requerimento a Albuquerque Coelho, para que ele os autorizasse a comer vários companheiros mortos de fome e que Albuquerque Coelho teria recusado energicamente, dizendo que enquanto fosse vivo não permitiria a satisfação de tão bruto desejo. Ora muito bem, disse tia Olímpia, na verdade o que se passou foi inteiramente diferente; os marinheiros que morreram de fome haviam sido atirados ao mar e Manuel de Matos percebeu que muitos, talvez todos os tripulantes do navio, inclusive Jorge Albuquerque Coelho, morreriam simultaneamente de fome. Por falar nisto este cabritinho que estamos comendo foi criado por nós mesmos, te agrada o paladar? Antes que Ermê respondesse, tia Julieta continuou: a tripulação foi então reunida por Manuel de Matos, o nosso avô antigo, e enquanto Jorge Albuquerque Coelho se omitia, prostrado no leito de sua cabine, foi decidido, por maioria de votos — e aqui uso as próprias palavras do Diário, que sei de cor —, jogar-se as sortes à ventura de se ver qual haveria de ser morto. E as sortes foram jogadas quatro vezes e quatro marinheiros foram mortos e comidos pelos sobreviventes. E quando a Nau Santo Antônio chegou a Lisboa, Albuquerque Coelho, que se orgulhava de sua fama de cristão, herói e disciplinador, proibiu a todos os marinheiros que falassem do assunto. Do que afinal transpirou, fez-se a versão romântica da *Nau Catrineta*. Mas a verdade, crua e sangrenta, está aqui no Diário de Manuel de Matos.

A sala pareceu escurecer e uma lufada de inesperado ar frio entrou pela janela, balançando as cortinas. Dona Maria Nunes, que nos servia, deu de ombros e por instantes ouviu-se um silêncio forte, quase insuportável.

Esta casa é tão grande, disse Ermê, alguém mais mora aqui?

Somente nós, disse tia Olímpia. Nós mesmos fazemos tudo, com a ajuda de dona Maria Nunes; cuidamos do jardim e do pomar, tratamos da criação, limpamos a casa e cozinhamos, lavamos e passamos a roupa. Isto nos mantém ocupadas e saudáveis.

E o José não faz nada?

Ele é Poeta, tem uma missão, disse tia Julieta, a Guardiã do Anel.

E porque é poeta ele não come? Você não tocou na comida, disse Ermê.

Estou guardando minha fome para mais tarde.

Quando terminou o jantar, tia Helena perguntou se Ermê era uma pessoa religiosa. As tias sempre rezavam uma novena, em companhia de dona Maria Nunes, na pequena capela da casa, após o jantar. Antes que elas saíssem para a capela — Ermê declinou do convite, o que me agradou, pois poderíamos ficar juntos, sozinhos — eu beijei tia por tia, como sempre fazia. Primeiro tia Julieta — um rosto magro e ossudo, nariz comprido e adunco, os lábios finos do desenho da feiticeira dos meus livros de fada da infância, olhos pequenos e brilhantes, contrastando com a palidez do rosto — até então não soubera por que era ela a Guardiã do Anel, tive vontade de lhe perguntar, por que és tu que usas o Anel?, mas senti que o saberia muito em breve. Tia Olímpia era morena, de olhos amarelados, beijou-me com os seus lábios grossos e sua boca larga e seu nariz grande e sua voz empostada; para cada sentimento ela tinha uma mímica correspondente, quase sempre expressa pelo rosto em olhares, esgares e caretas. Tia Regina me olhou com os seus pequenos olhos astutos e desconfiados de cachorro pequinês — ela era talvez a mais inteligente das quatro. Tia Helena levantou-se quando cheguei perto dela. Era a mais alta de todas, e também a mais velha e a mais bonita; tinha um rosto nobre e forte, parecido com o da avó Maria Clara, a anarquista atiradora de bombas, e era apontada pelas irmãs como o arquétipo da família; as irmãs diziam que todos os homens da família eram bonitos como ela, mas a fotografia de tio Alberto, o outro irmão delas, mais moço do que meu pai e que morreu de peste na África quando lutava ao lado dos negros, mostrava uma figura de monumental feiura. Tia Helena pediu licença para me dizer uma palavra em particular. Saímos da sala de jantar e conversamos por instantes atrás das portas fechadas.

Quando voltei as outras tias já se haviam retirado.

É engraçada a maneira de vocês falarem. Vocês só se tratam de tu pra cá, e tu pra lá, disse Ermê.

Usamos você para os empregados e para os desconhecidos sem importância, eu disse. Era assim em Portugal e continuou no Brasil, quando a família veio para cá.

Mas vocês não tratam a governanta por você.

Dona Maria Nunes? Mas ela é como se fosse uma pessoa da família; está em nossa casa desde o tempo da avó Maria Clara, antes mesmo do meu pai e minhas tias terem nascido. Tu sabes quantos anos ela tem? Oitenta e quatro.

Ela parece um marinheiro, com o rosto cheio de rugas, queimada de sol, disse Ermê. É diferente de você, você é tão pálido!

É para poder ficar com cara de poeta, eu disse. Vamos para o lugar que eu mais gosto da casa.

Ermê olhou as estantes cheias de livros. É aqui que passo a maior parte de meu tempo, eu disse. Às vezes durmo aqui neste sofá; é uma espécie de quarto-biblioteca; tem também um banheirinho aqui ao lado.

Estávamos em pé, tão próximos que nossos corpos quase se tocavam. Ermê não tinha nenhuma pintura no rosto, no pescoço, nos braços, mas a sua pele brilhava de saúde. Beijei-a. Sua boca era fresca e calorosa, como vinho maduro.

E as suas tias?, perguntou Ermê quando a deitei no sofá.

Elas nunca vêm aqui, não se preocupe.

Seu corpo tinha a solidez e o odor de uma árvore de muitas flores e frutos, e a força de um animal selvagem livre. Eu nunca poderei esquecê-la.

Por que você não arranja um emprego e não casa comigo?, Ermê perguntou. Eu ri, pois não sabia fazer nada a não ser escrever poemas. E para que trabalhar? Eu era muito rico e quando minhas tias morressem ia ficar mais rico ainda. Eu também sou rica e pretendo trabalhar, disse Ermê. Está bem, vamos casar, eu disse. Vesti-me, saí da biblioteca e fui até à copa.

Sem dizer uma palavra, dona Maria Nunes me deu a garrafa de champanhe com as duas taças. Levei Ermê para a Sala Pequena e, afastando os livros que ainda estavam sobre a mesa manoelina, coloquei o champanhe e os copos sobre ela. Eu e Ermê nos sentamos, lado a lado.

Tirei do bolso o frasco negro de cristal que tia Helena me havia dado naquela noite e me lembrei do nosso diálogo atrás da porta: Eu mesmo tenho que escolher e sacrificar a pessoa que vou comer no meu vigésimo primeiro ano de vida, não é isso?, perguntei. Sim, tu mesmo tens de matá-la; não use eufemismos tolos, tu vais matá-la e depois comê-la, ainda hoje, que foi o dia que tu mesmo escolheste, e isso é tudo, respondeu tia Helena; e quando eu disse que não queria que Ermê sofresse, tia Helena disse, e nós lá somos de fazer sofrer as pessoas? E me deu o frasco de cristal negro, ornado de prata lavrada, explicando que dentro do frasco havia um veneno poderosíssimo, de que bastava apenas uma ínfima gota para matar; incolor, insípido e inodoro como água pura, a morte por ele causada era instantânea — e temos este veneno há séculos e ele cada vez fica mais forte, como a pimenta que nossos avós antigos traziam da Índia.

Que vidrinho lindo!, exclamou Ermê.

É um filtro de amor, eu disse, rindo.

É verdade? Jura?, Ermê também ria.

Uma gotinha para você, uma gotinha para mim, eu disse, pingando uma gota em cada taça. Vamos ficar loucamente apaixonados um pelo outro. Enchi as taças de champanhe.

Eu já estou loucamente apaixonada por você, disse Ermê. Com um gesto elegante levou a taça aos lábios e sorveu um pequeno gole. A taça caiu de sua mão sobre a mesa, partindo-se, e logo o rosto de Ermê abateu-se sobre os fragmentos de cristal. Seus olhos permaneceram abertos, como se ela estivesse absorta em algum pensamento. Ela nem teve tempo de saber o que aconteceu.

As tias entraram na saleta, acompanhadas de dona Maria Nunes.

Estamos orgulhosas de ti, disse tia Helena.

Será tudo aproveitado, disse tia Regina. Os ossos serão moídos e dados aos porcos, junto com farinha de milho e sabugo. Com as tripas faremos salpicões e alheiras. Os miolos e as carnes nobres tu os comerás. Por onde queres começar?

Pela parte mais tenra, eu disse.

Da janela do meu quarto vi que a madrugada começava a raiar. Vesti minha casaca, como mandava o *Decálogo*, e esperei que me viessem chamar.

Na mesa grande do Salão de Banquetes, que eu nunca vira ser usado em toda minha vida, foi cumprida a minha missão, com muita pompa e cerimônia. As luzes do imenso lustre estavam todas acesas, fazendo brilhar os negros trajes a rigor que as tias e dona Maria Nunes usavam.

Não pusemos muito tempero para não estragar o gosto. Está quase crua, é um pedaço de nádega, muito macio, disse tia Helena.

O gosto de Ermê era ligeiramente adocicado, como vitela mamona, porém mais saboroso.

Quando engoli o primeiro bocado, tia Julieta, que me observava atentamente, sentada, como as outras, em volta da mesa, retirou o Anel de seu dedo indicador, colocando-o no meu.

Fui eu que o tirei do dedo do teu pai, no dia da sua morte, e guardava-o para hoje, disse tia Julieta. És agora o chefe da família.

ENTREVISTA

M — Dona Gisa me mandou aqui. Posso entrar?

H — Entra e fecha a porta.

M — Está escuro aqui dentro. Onde é que acende a luz?

H — Deixa assim mesmo.

M — Como é o seu nome mesmo?

H — Depois eu digo.

M — Essa é boa!

H — Senta aí.

M — Tem alguma coisa para beber? Eu estou com vontade de beber. Ah, estou tão cansada!

H — Nesse armário aí tem bebida e copos. Sirva-se.

M — Você não bebe?

H — Não. Como foi que você veio para o Rio?

M — Peguei carona num fusca.

H — São mais de quatro mil quilômetros, você sabia?

M — Demorei muito, mas cheguei. Só tinha a roupa do corpo, mas não podia perder tempo.

H — Por que você veio?

M — Ha, ha, ha, ai meu Deus! Que coisa... só rindo.

H — Por quê?

M — Você quer saber?

H — Quero.

M — Meu marido. Vivemos quatro anos felizes, felizes até demais. Depois acabou.

H — Como que acabou?

M — Por causa de outra mulher. Uma garota que andava com ele. Eu estava grávida. Ha, ha, só rindo, ou chorando, sei lá...

H — Você estava grávida...

M — No dia 13 de outubro jantávamos no restaurante, quando surgiu essa garota, que ele andava namorando. Meu marido estava bêbado e olhava para ela de maneira debochada, e então ela não aguentou mais e se aproximou de nossa mesa, falou em segredo no ouvido dele e eles se beijaram na boca, como se estivessem sozinhos no mundo. Eu fiquei louca; quando dei conta de mim, estava com um caco de garrafa na mão e tinha arrancado a blusa dela, uma dessas camisas de meia que deixa o busto bem destacado.

H — Sei... Continua.

M — Dei vários golpes com o caco de garrafa no peito dela, com tanta força que saiu um nervo para fora, de dentro do seio. Quando viu aquilo, meu marido me deu um soco na cara, bem em cima do olho; só por um milagre não fiquei cega. Fugi correndo para casa. Ele atrás de mim. Eu gritava por socorro para ver se os meus parentes ouviam, eles moravam perto de mim. Porque eu não sou cão sem dono, ouviu? Ainda ontem eu dizia na casa de dona Gisa, para uma moça, que não posso dizer que seja minha amiga, nesta vida ninguém tem amigo, nós apenas fazemos programas junto, eu dizia para ela, eu estou aqui mas não sou cão sem dono, quem encostar um dedo em mim vai ter que se ver com minha família.

H — Mas agora eles estão lá no norte, muito longe...

M — Parece que estou num teatro, ha, ha...

H — Você fugiu gritando por socorro. Continue.

M — Eu me tranquei dentro do quarto, enquanto meu marido quebrava todos os móveis da casa. Depois ele arrombou a porta do quarto e me jogou no chão e foi me arrastando pelo chão enquanto me dava pontapés na barriga. Ficou uma mancha de sangue no chão, do sangue que saiu da minha barriga. Perdi nosso filho.

H — Era um menino?

M — Era.

H — Continue.

M — Meu pai e meus cinco irmãos apareceram na hora em que ele estava chutando a minha barriga e deram tanto nele, mas tanto, que pensei que ele ia ser morto de pancada; só deixaram de bater depois que ele desmaiou e todos cuspiram e urinaram na cara dele.

H — Depois disso você não o viu mais?

M — Uma vez, de longe, no dia em que vim embora. Ele veio me ver de muletas, com as pernas engessadas, parecia um fantasma. Mas eu não falei com ele, saí pela porta dos fundos, eu sabia o que ele ia dizer.

H — O que é que ele ia dizer?

M — Ele ia pedir perdão, pedir para voltar, ia dizer que os homens eram diferentes.

H — Diferentes?

M — É, que podiam ter amantes, que é assim a natureza deles. Eu já tinha ouvido aquela conversa antes, não queria ouvir novamente. Eu queria conhecer outros homens e ser feliz.

H — E você conheceu outros homens?

M — Muitos e muitos.

H — E é feliz?

M — Sou, você pode não acreditar, levando a vida que eu levo, mas sou feliz.

H — E não se lembra mais do seu marido?

M — Lembro dele apoiado nas muletas... Me disseram que ele anda atrás de mim e carrega um punhal para me matar. Posso acender as luzes?

H — Pode. E você não tem medo de ser achada por ele?

M — Já tive, agora não tenho mais... Vamos, que é que você está esperando?!

74 DEGRAUS

1. Eu havia acabado de me vestir e não devia mais mexer nos quadros e nas estátuas, mas um dos cavalos chineses de porcelana ficaria melhor na mesinha baixa de mogno. Coloquei o poster com Lord Jim na parede oposta ao grande espelho, o cavalo de bronze embaixo e o de madeira ao lado. Eram treze estatuetas — três de porcelana, quatro de bronze, duas de aço, três de cerâmica e uma de madeira — e dez posters, cinco em preto e branco e cinco coloridos, todos cavalos. Não gostei do número treze para as estatuetas e retirei uma delas, de bronze, pesadona, e levei-a para a sala íntima onde estava o piano. A arrumação ficou boa, mas eu continuei sentindo o mesmo sobressalto no coração. Olhei-me no espelho demoradamente, quando a campainha tocou.

2. Tereza abre a porta e me olha surpresa.

Era Elisa carregando um enorme embrulho. Fiquei por um momento abalada, sem saber o que dizer, ou melhor, disse, você?, apenas isso. Por instantes senti-me confusa, um sentimento desagradável. Sempre quis Elisa perto de mim, mas não naquele dia, ela não devia me visitar naquele dia.

3. Para você. Dou um beijo de leve no rosto de Tereza — nossos lábios quase se tocam — ela está esperando alguém?

Elisa trouxe um presente, um cavalo de cerâmica, um cavalo quadrado, com sela japonesa e orelhas que pareciam chifres.

4. Tereza está tão bonita!... com um vestido de seda, os cabelos para trás, os olhos grandes e brilhantes.

Menti para Elisa que o cavalo era lindo e caminhei pela sala, tentando encontrar um lugar para colocá-lo.

5. Tereza senta no sofá, cruza as pernas e pede notícias. Nós nos vemos tão pouco, ultimamente. Me lembro da gente brincando de cego, eu fechava os olhos e caminhava tateando pela sala, batendo nos móveis — você ficava quieta num canto — eu encontrava o seu rosto — os ossos fortes — reconhecia o rosto, com os dedos das mãos.

Elisa começou a falar sobre as nossas brincadeiras, o que me deixou ainda mais inquieta.

6. Tereza não presta atenção no que eu digo. Os cavalos de Alfredo são bonitos, não são?

Alfredo vivia montado num enorme animal negro, coberto de alva espuma fervente e botando fogo pelo focinho, eu disse, e fui até a cozinha. Voltei com uma garrafa térmica e xícaras e expliquei que tinha dado folga aos empregados.

7. Num dia de semana? É engraçado, folga aos empregados num dia de semana.

Naquela cabecinha tonta não devia ter passado uma vaga ideia sobre o que iria acontecer.

8. Eu vim hoje pensando que tudo poderia ser como antigamente... digo, enquanto Tereza vira a garrafa térmica sobre as xícaras, como se não me ouvisse.

Não tinha café. Eu disse que ia fazer café para nós, mas Elisa me segurou pelo braço, a vontade dela não era tão grande assim e eu ofereci a ela um refrigerante que ela também não aceitou. Elisa estava desapontada. Ela queria as coisas como antigamente, mas a culpa tinha sido unicamente dela, se as coisas entre nós não estavam mais como antes.

9. Vejo a foto daquele cavalo. Não foi com ele que Alfredo ganhou o campeonato brasileiro?

Entre tantos cavalos Elisa identificou Lord Jim. Nas paredes estavam os posters dos outros: Picwick, Doutor Romualdo, Charles Fish, Chelsea, Príncipe da Noite, Drumond, Penaforte, Marieta (Alfredo equinizou a própria mãe) e Duquesa.

10. São lindos os cavalos.

Eu os odiava.

11. É melhor ir embora. Tereza não quer mesmo que eu fique aqui. Ligo para Daniel. Ele não está, a secretária anota o recado de que estou na casa de dona Tereza.

Eu disse para Elisa deixar o Daniel em paz, os idiotas como ele nunca eram encontrados quando se precisava deles, e, além do mais, ela não podia esperar nada de um paspalhão que nunca aprendeu a andar a cavalo.

12. Tereza não se lembra de nossa brincadeira de limpar a cabeça para que o último pensamento na hora da morte não seja o lixo que acumulamos.

É claro que eu me lembrava da nossa brincadeira. Tinha horror de morrer lembrando uma bobagem, como o coletivo de borboleta. Eu fechava os olhos e dizia, querida, estou morrendo, e forçava o meu pensamento a lembrar de um trecho de Mozart, um gesto do corpo.

13. Tereza está próxima de mim e põe a mão sobre o meu ombro e me olha fixamente.

Me lembrei de sua pele macia...

14. Ouço a campainha.

Afastei-me de Elisa e abri a porta.

15. Não consegui esconder a irritação e o desapontamento ao ver Pedro. Seria melhor que ele não tivesse aparecido naquele momento.

Um homem entra e abraça Tereza! Saio correndo pela porta afora.

16. Entro. Está fazendo calor. Acordei suando em bicas.

Elisa saiu correndo, a louca. Pedro sentou-se na ponta da cadeira, sem jeito, o que me deixou muito satisfeita. Perguntei se podia lhe oferecer alguma coisa. Ele disse que aceitava um cafezinho e eu respondi que cafezinho não tinha, que eu e a minha amiga havíamos tomado todo o café. Ele perguntou se ela tinha ficado doente de repente. Eu respondi que sim. Uma cólica.

17. Eu nunca tive uma cólica na minha vida. Nem dor de cabeça. Nada. Minha saúde é de ferro. Eu não tenho uma cárie, olha só.

Pedro abriu a boca e me mostrou todos os dentes. Perguntei se ele não comia balas, nem doces, esses alimentos que dão cáries e ele respondeu que comia de tudo, que balas ele triturava nos dentes assim rack, rack, rack.

18. Sempre tive muita inveja das pessoas que têm bons dentes, passei a minha vida inteira no dentista, desde garotinha. Para tirar os meus dentes do siso eu tive que ser hospitalizada, estavam inclusos no osso, um horror.

Abro a boca, com os dedos arreganho os meus lábios e mostro a Tereza os meus dentes de siso.

19. O pai dele também era cavaleiro, mas não competia.

Ela quer saber coisas do meu pai.

20. Eu não me lembrava de ter visto Pedro competindo no Rio. Perguntei se ele tinha participado do brasileiro do ano passado.

Ele teria ganho, eu só tinha visto Pedro saltar uma vez, no meu sítio, naquele sábado, mas tinha sido o suficiente.

Com Lord Jim qualquer um ganhava o campeonato.

21. Pedro apontou uma foto de Lord Jim na parede e disse para eu olhar o pescoço, um ângulo perfeito de noventa graus, para eu olhar a cernelha longa, para eu olhar as pernas. Parecia um homem falando da mulher amada.

Ele tem gênio forte e boca sensível, arrancou para o obstáculo como se fosse um raio, assim que montei.

22. Pedro pensou que Lord Jim fazia quinze metros por segundo, mas ele faz mesmo dezoito. Pedro agradeceu eu ter deixado ele montar Lord Jim. Eu disse que ele não tinha nada que agradecer, que eu o estava testando, a ele, Pedro.

Como me testando?

23. Logo no início, quando começou a me telefonar, ele dizia que era um cavaleiro, jogava polo, saltava, era amigo de Alfredo, mas eu nunca o havia visto em lugar algum, na Hípica, no Itanhangá, e achei que era mentira e decidi testá-lo. Ninguém, nenhum outro cavaleiro, além de Alfredo, havia conseguido saltar com Lord Jim, ele jogava todos no chão, refugando o obstáculo antes de saltar.

Os cavalos são melhores do que os homens. Ele não teve culpa, foi um acidente.

24. Chego na baia e olho para ele, e deixo que ele olhe para mim, e cheiro ele e deixo que ele me cheire, encosto minha mão

na pele dele e deixo que ele encoste a boca na pele da minha mão. A gente vai se dar bem, Lord Jim.

Ele me disse que era fazendeiro em Minas Gerais, que estava em Minas, na sua fazenda, quando Alfredo se acidentou montando Lord Jim. Quando Pedro soube da agonia de Alfredo no hospital, veio correndo, disposto a dar a sua vida pela dele.

25. Pedro apareceu de repente naquele dia no hospital, dizendo que era amigo de Alfredo, e depois sumiu seis meses. Perguntei a todos se alguém conhecia um tal Pedro de Alcântara, cavaleiro, mas ninguém conhecia.

Admiro os cavalos do seu marido, o que ele fez pelo Brasil nas Olimpíadas. Ele devia ter uma estátua na praça.

26. Chamei os melhores médicos, os melhores, do Rio e de São Paulo, mas a medula havia sido rompida bem em cima, ele não podia nem falar nem se mexer, respondia piscando os olhos, estava consciente, mas não conseguia fazer nenhum movimento, nem respirar, o ar era injetado nos pulmões por um tubo enfiado na traqueia.

Coitado.

27. É através da medula que a cabeça manda o corpo fazer as coisas, e o corpo de Alfredo estava totalmente separado de sua mente. Ele queria falar comigo, naqueles dias de sofrimento, me dizer algo e eu sabia o que era, mas fingia não saber. Perguntava outras coisas — quer que desligue o ar-refrigerado? e ele mantinha os olhos bem abertos, uma resposta negativa. Quer que eu chame o Hermes, o teu sócio? e ele nem piscava. Eu fazia mil perguntas idiotas e ele, como eu já esperava, nem piscava.

Ele queria falar dos cavalos. Eu sabia exatamente as perguntas que ele queria que eu fizesse. Era sobre os cavalos, Alfredo, que você queria me falar? Eu sabia que sim e ele piscaria mil vezes alucinadamente, mas eu não fiz essa pergunta. Você não quer que eu venda os cavalos, é isso? e ele também confirmaria feliz, mas também essa pergunta eu não fiz. Você quer então, Alfredo, que eu leve os cavalos para o haras em Teresópolis e os deixe lá, correndo livremente no prado até morrerem, não é isso?, mas eu nunca fiz essa outra pergunta que ele queria ouvir.

Coitado.

28. Que tal um cafezinho?

Eu disse a Pedro que fazia um café novo e ele disse que não precisava me incomodar que ele tomava mesmo um copo com água. Eu disse que tinha champanhe no gelo e Pedro disse que aceitava apenas um copo d'água e alguma coisa para comer, pois não tinha tomado café nem almoçara. Eu começava a ficar entediada.

29. Fui ver que comida podia arranjar, dizendo a Pedro que os empregados estavam de folga.

Tereza sai da sala. Estou em frente à foto de Lord Jim; aos poucos meu corpo assume a postura de um cavaleiro, meus ombros se elevam, minhas costas ficam mais retas, minha mão esquerda sobe até a altura da cintura para segurar as rédeas, meu braço direito estende-se ao longo do meu corpo. Cavalgo.

30. Eu nunca sabia onde as idiotas das minhas empregadas guardavam as coisas. Quebrei um copo e joguei panelas no chão

e afinal voltei à sala, com caviar, um pacote de torradas, talheres, copos, meia garrafa de champanhe e uma garrafa de água. Pedro estava em frente ao poster de Lord Jim.

Cavalgo.

31. Tereza põe a mesa.

Preparei uma torrada e dei para Pedro morder. Ele começou a mastigar e fez uma cara de repugnância, engolindo com dificuldade. Empurrei o resto em sua boca. Ele engoliu a torrada com grande sofrimento. Perguntei se ele não estava gostando, e Pedro quis saber o que eu estava dando a ele. Respondi que era caviar.

32. Não gosto da comida que ela me dá, é muito salgada, um monte de bolinha preta miudinha, que Tereza diz ser ova de peixe. Logo vi.

Perguntei a ele de que é que ele gostava, e Pedro respondeu que era bife com batata frita. Mas arroz com feijão não tinha na minha casa, engordava terrivelmente.

33. Eu como a torrada mesmo, estou acostumado a segurar a fome, nas manobras era sempre assim, a gente chegava depois de horas de cavalgada e tinha primeiro que tirar os arreios do cavalo, escovar o cavalo, dar água e forragem para ele, depois é que a gente ia comer.

Ele tinha servido ao Exército na cavalaria, o que é comum a todos os jovens que montam bem, e na cavalaria eles lidavam com o mais nobre dos animais, e eu disse, de brincadeira, que pensava que o mais nobre dos animais fosse o cachorro.

34. Ela quer comparar cavalo com cachorro, mas cavalo não lambe a mão de ninguém. Existem cachorros sem a menor compostura, como esses lulus de madame. Não é à toa que, quando uma pessoa não presta, chamam ela de cachorro. O pior pangaré, esses de estações de água, é mais digno do que qualquer cachorro. São todos uns parasitas esses cachorros. Alguém já ganhou uma guerra com cachorro?

Perguntei a ele se são Jorge era o santo dos cavalos e Pedro me disse irritado que cavalo não precisava de santo, santo é que precisa de cavalo.

35. Eu montava na fazenda, quatro horas por dia, no mínimo.

Ele devia ter braços e pernas fortes e peguei nos braços dele, que pareciam uma barra de aço, e quando fui pegar na perna ele se desvencilhou, num rápido movimento de retração.

Ela pega na minha perna. Eu não gosto que — eu... eu bebo um copo de água e digo a ela que bebo seis litros de água por dia. É bom para os rins.

36. Eu continuava entediada e levantei-me e vi a bolsa de Elisa, esquecida sobre a poltrona. Peguei a bolsa, abri e espiei o conteúdo. Apanhei a carteira de identidade de Elisa. O retrato não era dos melhores, mas todos os retratos de carteira são horríveis.

Ela tira da bolsa da amiga um vidro de perfume e pulveriza o ar.

37. Era muito carnavalesco para o meu gosto o perfume que Elisa usava. Na bolsa ela tinha lápis de sobrancelha, dois potinhos de batom, duas caixinhas de prata, uma com rímel e escovinhas para as pestanas e outra com pó base.

Ela tira da bolsa um molho de chaves, um lenço, uma escova de cabelos.

38. Com a ponta dos dedos retirei da bolsa uma carta, endereçada a Elisa, letra de homem, e perguntei se ele não achava que devíamos abrir. Meu coração batia furiosamente.

Ela quer abrir a carta da amiga e eu pergunto, para quê?

39. Minha querida filha, estive aqui e não te encontrei, o remédio que te falei ontem, bom para o fígado, é chá de boldo, você encontra nas casas de ervas e homeopatia, um abraço para Daniel e muitos beijos, Wanda. Wanda era a mãe dela, era a mãe de Elisa. Ela havia escrito homeopatia sem agá e com ipsilone. Adorei a carta.

Eu tenho vinte e cinco anos.

40. Eu era mais velha do que ele. O pai dele sempre dizia que idade só interessa a do cavalo. Continuei bebendo champanhe.

Digo que gosto dela. Ela quer saber de que maneira. É da maneira que um homem honesto gosta de uma mulher.

41. Quando nós vínhamos do sítio, no sábado, Pedro me levou para a Barra, ele queria ver o pôr do sol.

Meu pai tem oito filhos.

42. Pôr do sol não me comovia mais, eu era uma mulher sem ilusões. Quando Alfredo morreu todos os amigos dele deram em cima de mim, mas com displicência, com pouco caso, como se desincumbindo de um dever penoso. Quando eu dizia não, eles

nem insistiam, nenhum queria ter o trabalho de me seduzir, sofrer a chateação de amar uma mulher adulta e viúva, potencialmente carente de carinho e atenção.

Sou um homem sério.

43. Perguntei se ele não queria me seduzir.

Digo que tenho um segredo, mas ela não quer me ouvir.

44. Depois você me seduz?

Não sou fazendeiro nada. Sou um miserável que não tem onde cair morto.

45. Nasci numa fazenda de criação de cavalos em Minas; aos dezoito anos sentei praça, eu era sargento de cavalaria em Três Corações; quando seu marido se acidentou eu saí do quartel, sem licença, para vir ficar perto dele; ele era o meu ídolo, desde que ganhou as Olimpíadas; quando quis voltar para o quartel eu já havia sido processado como desertor e me escondi na fazenda onde o meu pai é um velho peão e lá continuei fazendo o trabalho que fazia antes de ir para o Exército, domando cavalos xucros, então me deu uma coisa e peguei todo o dinheiro da família e vim procurá-la.

Veio me seduzir ou não?

46. Sou um miserável procurado pela polícia do Exército.

Veio me pedir em casamento?

47. Me aproximei dele, abracei-o, beijei-o na boca. Ele estava frio, parecia preocupado com alguma coisa. Eu disse que nada impedia

que a gente fosse para a cama. Eu não estava com vontade de ir para a cama com ele, mas a rejeição que eu percebia me fazia insistir.

Explico que não fui educado assim, que respeito as moças, que respeito a memória de Alfredo, que me lembro dele ganhando a medalha de ouro nas Olimpíadas e que temos bastante tempo, que devemos primeiro ficar noivos.

48. Anda, me fode, eu disse, você não sente desejo por mim? e ele respondeu que era contra os seus princípios mas que por mim cometia qualquer torpeza.

Ela me leva para o quarto, tira o vestido e fica de meias pretas, calcinhas pretas, sutiã preto e sapatos pretos, ridícula, me dá vontade de rir. Se aproxima de mim e enfia as suas mãos entre as minhas pernas. Para que fazermos essa loucura se temos toda a vida à nossa frente?

49. Perguntei, aos gritos, que raio de sargento ou ex-sargento de cavalaria ele era? e ele disse que estava emocionado, me pediu outra chance, e de repente eu vi que não queria nem ele nem homem nenhum, nunca mais.

Ela me xinga de pobretão miserável e diz que não quer casar comigo. Ela não sabe quem irá tomar conta dos cavalos, não se importa.

50. Ele queria os cavalos, não queria nada comigo, os cavalos precisavam de um pai que era ele, Pedro. Eu disse que, por mim, os cavalos podiam morrer, que ia vender todos para a fábrica de salsichas.

Ela ri como uma louca e ameaça matar os cavalos e me chama de impotente.

51. Pedro me agarrou pelo pescoço com suas mãos grandes e brutas e eu fui perdendo o ar.

Ela se debate nas minhas mãos como se fosse uma boneca de pano.

52. Até que tudo sumiu, se apagou.

Coloco ela no chão e me deito em cima dela, coloco o ouvido no seu peito e não ouço nada. Os cavalos da sala estão todos iluminados e eu me levanto, ouvindo o barulho surdo das patas de um cavalo sobre as areias de um picadeiro, o resfolegar do animal, o rumor dos arreios rangendo, som e luz. Cavalgo.

53. A campainha da porta toca. Carrego o corpo de Tereza para o quarto.

Um homem abre a porta. Ele está com o rosto suado e a camisa molhada. Pergunto por Tereza.

54. A moça que esqueceu a bolsa chega e pergunta se Tereza está.

Foi ao armazém? Tereza foi comprar comida no armazém?

55. Você é amigo de Tereza? pergunto, e ele diz que iam ficar noivos.

Absurdo. Tem que estar mentindo.

56. Mas brigamos por causa dos cavalos.

A moça também gosta muito de cavalos, diz que são animais lindos, mas eu acho que eles nem são animais, são uma espécie de gente de quatro patas.

57. Ele pergunta quem é mais bonito, ele ou um cavalo, eu digo que é ele; ele é muito bonito, tenho que reconhecer. Ele se põe de quatro patas e me manda trepar nas costas dele.

Ela monta nas minhas costas e eu saio correndo de quatro pela sala, em grande velocidade. Para não cair, ela tem que agarrar com força na minha camisa, nos meus cabelos.

58. Quero mostrar a ela que é uma porcaria montar em mim, mas que se fosse num cavalo ela se sentiria uma rainha, grande e livre, podendo pular por cima das coisas, fugir a galope.

Não sei o que fazer ou dizer. Fico sentada nas costas dele, enganchada, de pernas abertas.

59. Aos poucos fui voltando a mim.

60. Essas mulheres elegantes da cidade são todas malucas.

Ficamos assim, ele de quatro e eu enganchada nele.

61. Demorei a me lembrar do que tinha acontecido, até que senti a dor na garganta, dos dedos daquele bruto.

62. Não era melhor estar em cima de um cavalo?

Fiquei totalmente consciente e ouvi as vozes deles, Elisa e Pedro na sala.

Ele quer que eu diga que um cavalo é melhor do que ele e eu digo.

63. Agarrei a estatueta de bronze que estava na saleta perto do piano. Os dois estavam na sala, Elisa trepada nas costas dele. Fiquei com tanto ódio que senti um gosto ruim na boca.

Tereza surge seminua, desgrenhada, me xingando de vagabunda.

A mulher está viva! Ela grita, bate com a estatueta na minha cabeça.

64. Pedro cambaleou, tonto, levantando as mãos para se defender e eu bati novamente na cabeça dele com toda força e ele caiu no chão com o rosto coberto de sangue.

Tereza me pergunta qual era a indecência que nós estávamos fazendo no chão. Deitamos no sofá abraçadas. Tereza me diz que ele tentou matá-la.

65. Perguntei a Elisa por que ela me havia repelido naquele dia que parecia tão longínquo e ela me disse que não esperava aquele gesto meu de amor.

Agora estamos juntas. Nós nos amamos.

66. Pedro gemeu no chão. O desgraçado ainda não tinha morrido. Elisa olhou para mim assustada. Eu disse, anda, vai.

Eu me levanto, pego a estatueta de bronze e golpeio repetidamente a cabeça de Pedro. Ele geme um pouco e depois emudece. Volto para os braços de Tereza.

67. Fomos ao porão, apanhamos uma enorme mala negra, de fibra reforçada, que trouxe de Paris cheia de roupas novinhas, uma mala onde caberia um cavalo, e colocamos nela o corpo de Pedro.

Tereza segura pelos braços e eu pelas pernas. O corpo dele é pesado. Nós acabamos de fechar a mala quando a campainha toca. Sinto medo.

68. Olhei pela janela e vi o idiota do Daniel no patamar.

Tereza me diz para abrir a porta a Daniel e conversar com ele enquanto ela se veste.

69. Elisa parece nervosa. Recebi um recado para vir apanhá--la na casa de Tereza, mas o carro de Elisa está em frente à casa. Portanto o recado deve ter sido mal-entendido pela secretária. Cogito ergo sum.

Daniel começa logo a pontificar de maneira desagradável, perguntando a todo momento, correto? correto? É um homem insuportável.

Quando voltei para a sala, depois de me vestir às carreiras, encontrei Daniel em pé, no meio da sala, e Elisa sentada num dos sofás. Daniel me perguntou o que tinha dentro do malão.

70. Digo a Daniel que dentro da mala tem o corpo de um homem. Tereza dá uma gargalhada. Nós estamos muito nervosas.

Sou paciente com a tolice das mulheres. Dentro da mala não cabe o corpo de um homem.

Cabem até dois corpos, Daniel, e quando disse isso meus olhos se encontraram com os de Elisa e tudo foi combinado num segundo, sem uma palavra.

71. Até parece que Daniel quer facilitar as coisas para nós. Ele se abaixa, apanha a estatueta de bronze que eu e Tereza esquecemos no chão.

Não gosto de coisas fora dos lugares. A mala e o cavalo, jogados ali no meio da sala, afetam os meus nervos. Tereza diz que quer me mostrar uma coisa, pede que eu feche os olhos. É uma mulher idiota.

Ele fechou os olhos e eu, segurando a estatueta com as duas mãos, bati com força na cabeça dele.

72. Essa imbecil enlouqueceu? Dor.

Daniel cambaleia, mas não cai, se apoia, meio curvado, no sofá. Tiro a estatueta das mãos de Tereza e bato uma porção de vezes na cabeça de Daniel, que cai ao chão gemendo.

Quando vi que Elisa estava cansada de bater em Daniel e que ele não morria, apanhei a estatueta e golpeei até ele ficar em silêncio.

73. Eu senti uma sensação boa, quando batia nele, eu disse para Elisa. Ela também achou bom, mas me disse que estava com medo.

Pergunto a Tereza o que vamos fazer com os corpos, e ela me diz que vamos colocar no carro de Daniel e deixar tudo numa praia deserta. Depois voltamos para casa, jantamos, e mais tarde eu começo a telefonar para hospitais, para a polícia dizendo que o meu marido não veio me apanhar na casa da minha amiga.

74. Quando o Pedro esteve comigo no sítio ninguém o viu. Nós não tínhamos cara de assassinas. Nunca seríamos descobertas.

É tão fácil matar uma ou duas pessoas. Principalmente se você não tem motivo para isso.

INTESTINO GROSSO

Telefonei para o Autor, marcando uma entrevista. Ele disse que sim, desde que fosse pago — "por palavra". Eu respondi que não estava em condições de decidir, teria primeiro de falar com o Editor da revista.

"Posso lhe dar até sete palavras de graça, você quer?", disse o Autor.

"Sim, quero."

"Adote uma árvore e mate uma criança", disse o Autor, desligando.

Para mim as sete palavras não valiam um tostão. Mas o Editor pensava de maneira diferente. Foi combinado um valor por palavra, diretamente entre eles.

Marquei um encontro com o Autor em sua casa. Ele me recebeu na biblioteca.

"Quando foi que você começou a escrever?", perguntei, ligando o gravador.

"Acho que foi aos doze anos. Escrevi uma pequena tragédia. Sempre achei que uma boa história tem que terminar com alguém morto. Estou matando gente até hoje."

"Você não acha que isto denota uma preocupação mórbida com a morte?"

"Pode ser também uma preocupação saudável com a vida, o que no fundo é a mesma coisa."

"Quantos livros você tem aqui nesta sala?"

"Cerca de cinco mil."

"Você já leu todos?"

"Quase."

"Você lê diariamente? Quantos? Qual a velocidade?"

"Leio no mínimo um livro por dia. Minha velocidade, hoje, é de cem páginas por hora. Já li mais rápido."

"Quando foi que você foi publicado pela primeira vez? Demorou muito?"

"Demorou. Eles queriam que eu escrevesse igual ao Machado de Assis, e eu não queria, e não sabia."

"Quem eram eles?"

"Os caras que editavam os livros, os suplementos literários, os jornais de letras. Eles queriam os negrinhos do pastoreio, os guaranis, os sertões da vida. Eu morava num edifício de apartamentos no centro da cidade e da janela do meu quarto via anúncios coloridos em gás néon e ouvia barulho de motores de automóveis."

"Por que você se tornou um escritor?"

"Gente como nós ou vira santo ou maluco, ou revolucionário ou bandido. Como não havia verdade no êxtase nem no poder, fiquei entre escritor e bandido."

"Já ouvi acusarem você de escritor pornográfico. Você é?"

"Sou, os meus livros estão cheios de miseráveis sem dentes."

"Os seus livros são bem vendidos. Há tanta gente assim interessada nesses marginais da sociedade? Uma amiga minha, outro dia, dizia não se interessar por histórias de pessoas que não têm sapatos."

"Sapatos eles têm, às vezes. O que falta, sempre, é dentes. A cárie surge, começa a doer, e o pilantra, afinal, vai ao dentista, um daqueles que tem na fachada um anúncio de acrílico com uma enorme dentadura. O dentista diz quanto custa obturar o dente. Mas arrancar é bem mais barato. Então arranca doutor, diz o sujeito. Assim vai-se um dente, e depois outro, até que o cara acaba ficando somente com um ou dois, ali na frente, apenas para lhe dar um aspecto pitoresco e fazer as plateias rirem, se por acaso ele tiver a sorte de aparecer no cinema torcendo para o Flamengo num jogo com o Vasco."

O Autor levanta-se, vai até a janela, e olha para fora. Depois apanha um livro na estante.

"Mas não escrevo apenas sobre marginais tentando alcançar a lumpen bourgeoisie; também escrevo sobre gente fina e nobre. Você leu este livro, *Cartas da duquesa de San Severino*? O duque de San Severino é um homem muito rico, que não gosta da esposa, a jovem e linda duquesa de San Severino. A mãe do duque, a velha duquesa de San Severino, não gosta da nora, pois esta, ao casar-se com o seu filho, era uma simples baronesa. A jovem duquesa sofre terríveis momentos no castelo, principalmente durante os solenes jantares, quando são discutidas árvores genealógicas — a família do duque vai até Pepino, o Breve, enquanto a da ex-baronesa começa no século XVII apenas. Não podendo suportar essas humilhações e ofensas, a jovem duquesa decide ser psicoanalisada por um professor maduro e sábio, por quem ela, afinal, se apaixona. Mas o analista se recusa a ter relações físicas com a jovem duquesa, alegando tratar-se de uma transferência e não de um gesto espontâneo de amor. Desesperada, a jovem duquesa passa a se interessar pela criação de orquídeas raras, o que a redime de todos os sofrimentos. É claro que isto é apenas um resumo de uma história colorida e edificante, plena de interessantes caracterizações, num estilo que permite ao leitor penetrar no núcleo central do significado da palavra sem muito esforço, mas, nem por isso, de maneira menos gratificante. É um romance que tem flores, beleza, nobreza e dinheiro. Reconheça que isto é algo que todos almejamos obter."

"E há também a presença da ciência, na pessoa do psicanalista: um símbolo?"

"Deliberadamente cândido. Escrevi o livro à maneira de Marcel Proust, evidentemente. No ínicio do livro, a jovem duquesa recorda os seus tempos de menina, ainda baronesinha, nos jardins do palácio, degustando madeleines ao entardecer, aprendendo a dançar o minueto e a tocar cravo. Depois segue-se a morte horrível do pai, o velho barão, no naufrágio do Lusitânia; a loucura da mãe, a velha baronesa, internada numa clínica da Suíça, localizada entre pinheiros e picos cobertos de neve. Finalmente o casamento frustrado, o romance com o professor Klein, e a criação de orquídeas. O livro termina com as orquídeas, uma espécie de hino bucólico e panteísta."

"E a jovem duquesa tem todos os dentes, presumo."

"Bem, alguns são postiços. Mas isso não é dito muito claramente. Para que desapontar os leitores? Apenas, numa passagem, eu me refiro à dificuldade que ela tem de comer um pêssego, uma citação poética — do I dare etc. — para bons entendedores. Além do mais, os dentes são brancos, perfeitos. Já foi dito que o que importa não é a realidade, é a verdade, e a verdade é aquilo em que se acredita."

Levantei-me e estendi a mão, pedindo o livro que o Autor segurava. Na capa tinha um anão negro, em vez de uma jovem duquesa. O título do livro era *O anão que era negro, padre, corcunda e míope*.

"Este livro foi interpretado de várias maneiras, inclusive como pornográfico. Vamos falar de pornografia?"

"Joãozinho e Maria foram levados a passear no bosque pelo pai que, de conchavo com a mãe dos meninos, pretendia abandoná-los para serem devorados pelos lobos. Ao serem conduzidos pela floresta, Joãozinho e Maria, que desconfiavam das intenções do pai, iam jogando, dissimuladamente, pedacinhos de pão pelo caminho. As bolinhas de pão serviriam para orientá-los de volta, mas um passarinho comeu tudo e, depois de abandonados, os meninos, perdidos no bosque, acabaram caindo nas garras de uma feiticeira velha. Graças, porém, à astúcia de Joãozinho, ambos afinal conseguiram jogar a velha num tacho de azeite fervendo, matando-a após longa agonia cheia de lancinantes gemidos e súplicas. Depois os meninos voltaram para casa dos pais, com as riquezas que roubaram da casa da velha, e passaram a viver juntos novamente."

"Mas isso é uma história de fadas."

"É uma história indecente, desonesta, vergonhosa, obscena, despudorada, suja e sórdida. No entanto está impressa em todas ou quase todas as principais línguas do universo e é tradicionalmente transmitida de pais para filhos como uma história edificante.

Essas crianças, ladras, assassinas, com seus pais criminosos, não deviam poder entrar dentro da casa da gente, nem mesmo escondidas dentro de um livro. Essa é uma verdadeira história de sacanagem, no significado popular de sujeira que a palavra tem. E, por isso, pornográfica. Mas quando os defensores da decência acusam alguma coisa de pornográfica é porque ela descreve ou representa funções sexuais ou funções excretoras, com ou sem o uso de nomes vulgares comumente referidos como palavrões. O ser humano, alguém já disse, ainda é afetado por tudo aquilo que o relembra inequivocamente de sua natureza animal. Também já disseram que o homem é o único animal cuja nudez ofende os que estão em sua companhia e o único que em seus atos naturais se esconde dos seus semelhantes."

"E as palavras são influenciadas por isso?"

"É claro. A metáfora surgiu por isso, para os nossos avós não terem de dizer — foder. *Eles dormiam com*, *faziam o amor* (às vezes em francês), *praticavam relações*, *congresso sexual*, *conjunção carnal*, *coito*, *cópula*, faziam tudo, só não *fodiam*. Eu tive um professor de direito tão eufêmico que, quando queria descrever um caso de sedução — que, como você sabe, se caracteriza legalmente pela cópula — falava latim: introductio penis intra vas. Os filólogos e linguistas também são pessoas presas ao tabu. Gostaria que algum filólogo, um dia, escrevesse um livro intitulado: *Foder*. Essas restrições ao chamado nome feio são atribuídas por alguns antropólogos ao tabu ancestral contra o incesto. Os filósofos dizem que o que perturba e alarma o homem não são as coisas em si, mas suas opiniões e fantasias a respeito delas, pois o homem vive num universo simbólico, e linguagem, mito, arte, religião são partes desse universo, são as variadas linhas que tecem a rede entrançada da experiência humana. Em 1884, um neurologista francês, Gilles de la Tourette, descreveu um comportamento anormal em que o paciente grita a todo instante palavras consideradas obscenas. O praguejar é acompanhado de um tique muscular. Esse conjunto de sintomas recebeu o nome de síndrome de la Tourette. Até hoje suas causas não foram adequadamente esclarecidas, tanto que não existe uma cura definitiva. Pensando que talvez a doença seja uma reação contra a rigidez intolerável da ordenação tabuística, um médico americano desenvolveu uma técnica terapêutica que consiste em fazer o paciente repetir as obscenidades o mais alto e o mais rápido possível, até à exaustão. Imagine esta cena, passada no consultório de um psicólogo, idêntica a um trecho da prosa delirante de Burroughs. O paciente tem amarrados no corpo eletrodos ligados a uma máquina cujo funcionamento é sincronizado com um metrônomo. Esse metrônomo controla a velocidade em que os palavrões devem ser gritados — até duzentos por minuto. Você conseguiria gritar duzentos palavrões por minuto?"

"Acho que não", respondi, enquanto colocava outra fita no cassete.

"No caso de você não gritar as obscenidades com a velocidade necessária, choques elétricos obrigam-no a manter o ritmo. O tratamento parece ter como objetivo criar no paciente um mínimo de inibição, ou seja, por não suportar, por falta de alívios temporários, a inibição que sofre, o indivíduo explode, sendo levado a um tipo de comportamento antissocial que exige a reimplantação de novo invólucro inibitório. O erro me parece ser a pressuposição de que as inibições sejam necessárias ao equilíbrio individual. Parece-me mais verdadeiro o oposto — as inibições sem possibilidade de desopressão podem causar sérios males à saúde dos indivíduos. Uma sábia organização social deveria impedir que fossem reprimidos esses comunicativos caminhos de alívio vicário e de redução de tensão. As alternativas para a pornografia são a doença mental, a violência, a bomba. Deveria ser criado o Dia Nacional do Palavrão. Outro perigo na repressão da chamada pornografia é que tal atitude tende a justificar e perpetuar a censura. A alegação de que algumas palavras são tão deletérias a ponto de não poderem ser escritas é usada em todas as tentativas de impedir a liberdade de expressão."

"Você não acha que a pornografia falada está desaparecendo? Nos campos de futebol coros de meninas entoam esportivamente canções como esta, que ouvi domingo:

Um, dois, três,
quatro, cinco, mil.
Eu quero que o Flu
vá pra puta que pariu."

"Ambas as palavras, puta e pariu, derivam do palavrão-chave, que é foder. É evidente que, no caso, as palavras estão tendo um efeito catártico, de alívio de tensões e pressões. Esse fenômeno é mais observável sempre que ocorre a regimentalização dos indivíduos, em tempo de guerra ou mesmo na paz, nos quartéis, nos asilos, nas prisões, nas escolas, nas fábricas, nos núcleos urbano-industriais de alta concentração demográfica. Nesses casos o uso de palavras proibidas é uma forma de contestação antirrepressiva. Mas basicamente a pornografia que ainda existe hoje é resultado de um latente preconceito antibiológico da nossa cultura.

Lembro-me de ter lido as queixas de uma escritora que receava que, de tanto ser abusada, distorcida, transformada em lugar-comum, a linguagem pornográfica acabaria deixando de ser o lado avesso da nobre linguagem da religião e do amor, e nada restaria para exprimir o fausto da obscenidade, que, para muitas pessoas, aliás, é metade do prazer do ato sexual."

"Seu livro, *O anão* etc., pode ser considerado pornográfico?"

"A maioria dos livros considerados pornográficos se caracteriza por uma série sucessiva de cenas eróticas cujo objetivo é estimular psicologicamente o leitor — um afrodisíaco retórico. São evitados todos os elementos que possam distrair o leitor do envolvimento unidimensional a que ele é submetido. São livros de grande simplicidade estrutural; com enredo circunscrito às transações eróticas dos personagens. As tramas tendem a ser basicamente idênticas em todos eles, há apenas diferenças de grau na escatologia e na perversão. Desde que não seja excessivamente exposta a esse tipo de literatura, a maioria dos leitores é estimulada por ela. Não há nada mais chato do que a saturação erótica barata. A própria complexidade do livro mencionado por você, *O anão* etc., exclui o livro dessa categoria. Você sabe que não existe anão algum no livro. Mesmo assim alguns críticos afirmam que ele simboliza Deus, outros que ele representa o ideal da beleza eterna, outros ainda que é um brado de revolta contra a iniquidade do terceiro mundo."

"Mas outros também já disseram que o livro não passa de um pirão de vulgaridades gratuitas, erotismo cru e ações grosseiras, desnecessárias e fúteis, temperado por uma mente suja."

"Pirão ou ensopado? Já disseram coisa parecida do Joyce."

"Você se acha parecido com o Joyce."

"Odeio o Joyce. Odeio todos os meus antecessores e contemporâneos."

"Daqui a pouco a gente fala disso. Não gostaria de sair da pornografia, por enquanto, está bem? A leitura de livros pornográficos pode levar o indivíduo a um comportamento mórbido ou antissocial?"

"Ao contrário. Para muitas pessoas seria aconselhável a leitura de livros pornográficos, pelos mesmos motivos catárticos que levavam Aristóteles a propor aos atenienses que fossem ao teatro."

"Então, para essa gente, o ideal seria um teatro pornográfico?"

"Exatamente. Isso que se chama pornografia nunca faz mal, e às vezes faz bem."

"Mas muitas pessoas, inclusive alguns educadores, psicólogos, sociólogos, não pensam assim."

"Há pessoas que aceitam a pornografia em toda parte, até, ou principalmente, na sua vida particular, menos na arte, acreditando, como Horácio, que a arte deve ser dulce et utile. Ao atribuir à arte uma função moralizante, ou, no mínimo, entretenedora, essa gente acaba justificando o poder coativo da censura, exercido sob alegações de segurança ou bem-estar público."

"Por falar em segurança. Existe uma pornografia terrorista?"

"Existe, e, ao contrário das outras pornografias, ela tem um código anafrodisíaco, em que o sexo não tem nem glamour, nem lógica, nem sanidade — apenas força. Mas a pornografia terrorista é tão estranha que já foi chamada de pornografia science fiction. Exemplos destacados desse gênero são os livros do Marquês de Sade e de William Burroughs, que causam surpresa, pasmo e horror nas almas simples, livros onde não existem árvores, flores, pássaros, montanhas, rios, animais — somente a natureza humana."

"O que é natureza humana?"

"No meu livro *Intestino grosso* eu digo que, para entender a natureza humana, é preciso que todos os artistas desexcomunguem o corpo, investiguem, da maneira que só nós sabemos fazer, ao contrário dos cientistas, as ainda secretas e obscuras relações entre o corpo e a mente, esmiúcem o funcionamento do animal em todas as suas interações."

"A pornografia, como, por exemplo, as viagens espaciais e o sarampo, têm futuro?"

"A pornografia está ligada aos órgãos de excreção e de reprodução, à vida, às funções que caracterizam a resistência à morte — alimentação e amor, e seus exercícios e resultados: excremento, cópula, esperma, gravidez, parto, crescimento. Esta é a nossa velha amiga, a pornografia da vida."

"Existe uma pornografia da morte, como queria Gorer? Desculpe citar nominalmente alguém, sei que você não gosta, mas foi você que criou o precedente, citando Aristóteles, Joyce e Horácio."

"Sim, ela está se criando. À medida que a cópula se torna mais mencionável e o seu coro de menininhas entoa nos estádios de futebol cantigas com palavrões da velha pornografia, vai sendo escondida uma coisa cada vez menos mencionável, que é a morte como um processo natural, resultante da decadência física, que é a morte pornográfica, a morte na cama, pela doença — e que se torna cada vez mais secreta, abjeta, objecionável, obscena. A outra morte — dos crimes, das catástrofes, dos conflitos, a morte violenta, esta faz parte da Fantasia Oferecida às Massas pela Televisão hoje, como as histórias de Joãozinho e Maria antigamente. Está surgindo, pois, uma nova pornografia, a que poderíamos denominar de pornografia de Gorer."

"Você disse, pelo telefone, o lema, adote uma árvore e mate uma criança. Isso significa que você odeia a humanidade?"

"Meu slogan podia ser, também, adote um animal selvagem e mate um homem. Isso não porque odeie, mas ao contrário, por amar os meus semelhantes. Apenas tenho medo de que os seres humanos se transformem primeiro em devoradores de insetos e depois em insetos devoradores. Em suma, tem gente demais, ou vai ter gente demais daqui a pouco no mundo, criando uma excessiva dependência à tecnologia e uma necessidade de regimentalização próxima da organização do formigueiro. Vai chegar o dia em que a melhor herança que os pais podem deixar para os filhos será o próprio corpo, para os filhos comerem. Aliás é chegado o momento de fazermos, nós os artistas e escritores, um grande movimento cultural e religioso universal, no sentido de se criar o hábito de nos alimentarmos também com a carne dos nossos mortos, Jesus, Alá, Maomé, Moisés, envolvidos na campanha. Está havendo um terrível desperdício de proteínas. Swift e outros já disseram coisa parecida, mas estavam fazendo sátira. O que eu proponho é uma nova religião, superantropocêntrica, o Canibalismo Místico."

"Você comeria o seu pai?"

"Em churrasco ou ensopadinho, não. Mas em forma de biscoito, como foi mostrado naquele filme, eu não teria a menor repugnância em devorar o meu pai. É possível ainda que alguém queira devorar a mãe assada, inteirinha, como uma galinha, para depois lamber os dedos e os beiços, dizendo, mamãe sempre foi muito boa. É uma questão de gosto."

"Você escreve os seus livros para um leitor imaginário?"

"Entre meus leitores existem também os que são tão idiotas quanto os legumes humanos que passam todas as horas de lazer olhando televisão. Eu gostaria de poder dizer que a literatura é inútil, mas não é, num mundo em que pululam cada vez mais técnicos. Para cada Central Nuclear é preciso uma porção de poetas e artistas, do contrário estamos fudidos antes mesmo da bomba explodir."

"Existe uma literatura latino-americana?"

"Não me faça rir. Não existe nem mesmo uma literatura brasileira, com semelhanças de estrutura, estilo, caracterização, ou lá o que seja. Existem pessoas escrevendo na mesma língua, em português, o que já é muito e tudo. Eu nada tenho a ver com Guimarães Rosa, estou escrevendo sobre pessoas empilhadas na cidade enquanto os tecnocratas afiam o arame farpado. Passamos anos e anos preocupados com o que alguns cientistas cretinos ingleses e alemães (Humboldt?) disseram sobre a impossibilidade de se criar uma civilização abaixo do Equador e decidimos arregaçar as mangas, acabar com os papos de botequim e, partindo de nossas lanchonetes de acrílico, fazer uma civilização como eles queriam, e construímos São Paulo, Santo André, São Bernardo e São Caetano, as nossas Manchesteres tropicais com suas sementes mortíferas. Até ontem o símbolo da Federação das Indústrias do Estado de São Paulo eram três chaminés soltando grossos rolos negros de fumaça no ar. Estamos matando todos os bichos, nem tatu aguenta, várias raças já foram extintas, um milhão de árvores são derrubadas por dia, daqui a pouco todas as jaguatiricas viraram tapetinho de banheiro, os jacarés do pantanal viraram bolsa e as antas foram comidas nos restaurantes típicos, aqueles em que o sujeito vai, pede capivara à Thermidor, prova um pedacinho, só para contar depois para os amigos, e joga o resto fora. Não dá mais para Diadorim."

"Mas existe ou não existe uma literatura latino-americana?"

"Só se for na cabeça do Knopf."

"O que você quer dizer com isso de escrever o *seu* livro? É este o conselho que você dá aos mais jovens?"

"Não estou dando conselhos. Mesmo porque o sujeito pode tentar escrever a *Comédie humaine* aplicando à sua ficção as leis da natureza ou a *Metamorfose*, rompendo essas mesmas leis, mas cedo ou tarde ele acabará escrevendo o seu livro, dele. Cedo ou tarde acabará sujando as mãos também, se persistir."

"Última pergunta: você gosta de escrever?"

"Não. Nenhum escritor gosta realmente de escrever. Eu gosto de amar e de beber vinho: na minha idade eu não deveria perder tempo com outras coisas, mas não consigo parar de escrever. É uma doença."

"Acho que já temos bastante", eu disse desligando o gravador.

Depois de transcrita a entrevista fui ao Editor.

"Esta entrevista parece um Dialogue des Morts do classicismo francês, de cabeça para baixo", eu disse.

"Vamos publicar assim mesmo", disse o Editor.

Telefonei para o Autor.

"Você disse duas mil seiscentas e vinte e sete palavras e nós vamos lhe mandar o cheque respectivo."

O Autor nem agradeceu. Mais uma vez desligou o telefone na minha cara.

"Esses escritores pensam que sabem tudo", eu disse, irritado.

"É por isso que são perigosos", disse o Editor.

Trecho de *O caso Rubem Fonseca*: violência e erotismo em *Feliz ano novo**

Deonísio da Silva

Certamente, em nenhum momento ocorreu ao ministro Falcão, ou a seus assessores, refletir sobre algumas das ponderações feitas em *Feliz ano novo*, mormente aquelas que estão caracterizadas no conto "Intestino grosso", a chave do enigma Rubem Fonseca, alto funcionário de uma multinacional, que, surpreendentemente, pratica uma forma de literatura tão atrevida, tão contundente, que provoca tanto o poder. No conto em exame estão as respostas que talvez estivessem desejando aqueles que reclamavam (e ainda reclamam) entrevistas do autor. Ali, em dez páginas compactas, o autor como que se defende, explicando por que escreve e, principalmente, por que escreve como escreve.

---

* Fragmento retirado de edição de 1983, publicada pela editora Alfa-Omega.

Dessas amostras, cumpre destacar mais algumas por sua clareza, por seu poder de defesa da literatura que pratica o autor. Quando é convidado pelo entrevistador a falar de pornografia, o escritor não titubeia. Narra, em rápidas sequências, um conto de fadas, que ele, entretanto, não denomina assim. É a história de Joãozinho e Mariazinha, que são levados para a floresta, onde serão abandonados para ser devorados pelos lobos. Quem leva as crianças é o próprio pai, que, de conchavo com a mãe, planejara tudo. Os pedacinhos de pão que as crianças vão atirando pelo caminho, a fim de guiar-se por eles na volta, os passarinhos comem. Acabam caindo nas garras de uma velha feiticeira. Graças a uma astúcia do menino, as crianças conseguem jogar a feiticeira dentro de um tacho de azeite fervendo, torturando-a até a morte, após o que, voltam para a casa dos pais, e, com as riquezas que roubaram da feiticeira, passam a viver todos juntos novamente.

"Mas isso é uma história de fadas", intervém o repórter. Ao que retruca o autor: "É uma história indecente, desonesta, vergonhosa, obscena, despudorada, suja e sórdida." (p. 138)

A esse desabafo segue, a meu ver, a maior prova, colhida no texto, de que se o escritor ali entrevistado é o autor de *Feliz ano novo*, como tudo me leva a crer que seja, pelo que até aqui foi exposto, Rubem Fonseca é um autor moralista, que defende uma moralização até mesmo na literatura, clamando por uma censura que não houve. É o que diz a respeito desse conto de fadas:

"[...] está impressa em todas ou quase todas as principais línguas do universo e é transmitida de pais para filhos como uma história edificante. Essas crianças, ladras, assassinas, com seus pais criminosos, não deviam poder entrar dentro da casa da gente, nem mesmo escondidas dentro de um livro. Essa é uma verdadeira história de sacanagem, no significado popular de sujeira que a palavra tem. E, por isso, pornográfica." (p. 138)

Vê-se, assim, que o autor, ao mesmo tempo que defende sua literatura, aponta aquela que, ao contrário da sua, não recebe as punições da censura. O que o autor defende em "Intestino grosso" é uma pureza absoluta das funções sexuais.

Veja-se o que diz ainda, quando comenta o conto de fadas aludido anteriormente:

"Mas quando os defensores da decência acusam alguma coisa de pornográfica é porque ela descreve ou representa funções sexuais ou funções excretoras, com ou sem o uso de nomes vulgares comumente referidos como palavrões." (p. 138)

O autor defende a Pornografia da Vida, que cita em oposição à Pornografia da Morte, por certo. E essa defesa desce a reflexões profundas, tal como se pode constatar ainda no mesmo conto:

"O ser humano, alguém já disse, ainda é afetado por tudo aquilo que o relembra inequivocamente de sua natureza animal." (p. 138)

E o repórter indaga:

"E as palavras são influenciadas por isso?" (p. 138)

O autor responde afirmativamente, com convicção, ilustrando com exemplos diversos extraídos, seja da linguagem jurídica que utiliza a expressão *introductio penis intra vas* para caracterizar a sedução, seja da própria filologia, que evita os chamados palavrões, seja ainda da literatura que, com um recurso narrativo como a metáfora, não pronuncia palavras proibidas. Diz o autor:

"A metáfora surgiu por isso, para os nossos avós não terem de dizer — foder. *Eles dormiam com*, *faziam o amor* (às vezes em francês), *praticavam relações, congresso sexual, conjunção carnal, coito, cópula*, faziam tudo, só não *fodiam*."

Em seguida, caracteriza o que seria um livro considerado pornográfico, segundo entendem os que costumam interditá-los. Antes, torna-se necessário dizer que a descrição feita pelo autor em nenhum momento coincide com os livros que Rubem Fonseca escreve. Essa descrição é, pois, ainda, a continuação da defesa que empreendeu fazer da literatura que produz.

"A maioria dos livros considerados pornográficos se caracteriza por uma série sucessiva de cenas eróticas cujo objetivo é estimular psicologicamente o leitor — um afrodisíaco retórico. São evitados todos os elementos que possam distrair o leitor do envolvimento unidimensional a que ele é submetido." (p. 140)

Da leitura de "Intestino grosso" depreende-se ainda que (muito provavelmente) o autor, ao escrever *Feliz ano novo*, já antevia o contexto adverso que seu livro haveria de encontrar, principalmente junto àquele público leitor mais esporádico, porém mais atento e rigoroso quanto ao que entende por moralidade literária, um público talvez reduzido, mas composto de pessoas influentes, leitores que, antes de ver se um livro é bem ou mal escrito, buscam examinar se é moral ou imoral, não se conformando com a sentença dada por Oscar Wilde, por exemplo, sobre a questão: "Não existe essa coisa de um livro moral ou imoral. Livros são bem escritos ou mal escritos. E é só."*

O público de que falo muito provavelmente será mais indulgente para com a falta de estatuto literário de qualquer livro, mas

---

* Ver prefácio de *O retrato de Dorian Gray*, de Oscar Wilde. Ou revista *Encontros com a Civilização Brasileira*, nº 10, p. 229.

será rigoroso se houver no livro que lê qualquer sombra daquilo que para esse público pareça imoralidade. Pois Rubem Fonseca parece dirigir-se a esse tipo de leitor quando, como autor, como personagem, põe na boca do repórter que entrevista o escritor algumas acusações que, depois de publicado o livro, estavam na boca de outros personagens, não literários, mas reais, e, em muitos casos, ocupando altos postos da administração pública. Um exemplo do que acabo de dizer é a seguinte passagem:

"Mas outros também já disseram que o livro não passa de um pirão de vulgaridades gratuitas, erotismo cru e ações grosseiras, desnecessárias e fúteis, temperado por uma mente suja." (p. 140)

Ao que responde o autor:

"Já disseram coisa parecida do Joyce." (p. 141)

Contribuição para a análise do "espaço" na obra de Rubem Fonseca*

António Alçada Baptista

Quando, em agosto último, falei ao editor da Contexto na obra de Rubem Fonseca e lhe dei a ler este livro, foi-me grato encontrar um tão entusiástico acolhimento. Interessadamente me pediu para contatar o autor a fim de obter autorização para uma edição portuguesa, fazendo-me, ao mesmo tempo, a imposição amiga de escrever este prefácio.

Há muito ligado a Rubem Fonseca por laços fraternais e grande admirador da sua obra, tento arrefecer esses "bons" sentimentos com os quais, se é verdade que nunca se fez boa literatura, muito menos se pode fazer apreciação crítica.

---

* Prefácio à primeira edição portuguesa de *Feliz ano novo*, publicada em 1980 pela Contexto Editora. Para o autor, só é possível analisar concisamente a literatura de Rubem Fonseca tendo em mente a influência do espaço urbano sobre seus personagens.

Rubem Fonseca nasceu em Minas Gerais, em 1925. Filho de portugueses, ainda há alguns anos fazia a peregrinação a Trás-os-Montes, a visitar velhas tias, como quem vai à procura duma raiz e duma história pessoais cuja falta a sua obra constantemente denuncia. Formado em direito, passou pelos quadros das delegacias da polícia, que lhe revelaram o que é, na metrópole moderna, o universo dos fora da lei e a sua estranha cumplicidade com os agentes da ordem, no mesmo submundo degradado. Fez uma passagem pela publicidade e daí passou para administrador duma das maiores empresas do Brasil. Neste momento dirige as atividades culturais da Prefeitura do Rio de Janeiro.

A literatura de Rubem Fonseca mergulha totalmente no perímetro da grande cidade, e não é possível analisá-la sem ter presente a dimensão, o peso e a respiração do espaço urbano e da sua capacidade de segregação miasmática.

A noção de "espaço" teve uma longa elaboração teórica que atravessou o afrontamento progressivo das ciências, principalmente das matemáticas, com a velha metafísica. Com Descartes, o "espaço" deixou de fazer parte das "categorias" que permitiam situar, nomear e classificar os fatos para entrar na área dos absolutos. Essas longas controvérsias marcaram a passagem da filosofia à ciência do "espaço" e, ao elaborarem as suas representações abstratas — o "espaço cartesiano", a "res extensa absoluta", o "infinito", o "atributo divino" —, cavaram o abismo que as iria separar do "espaço real". Essa situação é tanto mais de lamentar quanto a filosofia, nos seus primórdios, mantinha relações muito estreitas com a cidade grega.

A verdade é que o "espaço real", ao condicionar a vida do homem, constitui um elemento decisivo para a imposição, ainda que sutil, dum pensamento, duma ética e de formas de comportamento, através dum processo cuja complexidade talvez só a literatura seja capaz de apreender em toda a sua dimensão. Quando nos debruçamos sobre a literatura com olhos de quem procura o "espaço", ele surge-nos de todos os lados: imerso, descrito, projetado, sonhado, subentendido. A obra de Celine é incompreensível sem o espaço parisiense e os seus subúrbios, por um lado, e sem o espaço africano, por outro. Quincey faz-nos ver passear pelas ruas de Londres a sombra da mulher amada. Eça de Queiroz e Cesário fazem, cada um à sua maneira, o levantamento rigoroso do espaço lisboeta. Em Baudelaire, nos Tableaux Parisiens, encontramos o espaço de Paris tão real e essencial como em Victor Hugo e Lautréamont.

Acontece em toda essa literatura que o espaço passa despercebido porque se mantém uma certa coincidência entre os ritmos do "espaço" e do "sistema" ou, por outras palavras, entre a geografia e a cultura. As diferentes situações sociais coexistem no mesmo espaço como elementos integrantes e dinamizadores do mesmo sistema que subordina às mesmas regras. Nessa literatura o exótico é necessariamente longínquo: Kipling e Pierre Loti contavam como eram, na Ásia, os costumes dos nativos.

Os livros de Rubem Fonseca mostram-nos como, à medida que a cidade cresce, o espaço urbano se transforma num imenso caldo de cultura que segrega fenômenos que não podemos, por mais tempo, disfarçar. E diria, em primeiro lugar, que o percurso que levou o homem do campo à cidade determinou a natureza do "sistema" hegemônico que a grande metrópole claramente revela, em seguida, que, por razões não muito difíceis de encontrar, esse "sistema" provocou, entre os elementos que o constituem, uma sintomatologia preocupante e, finalmente, que o "sistema", ao rejeitar os seus próprios detritos, começa a ficar surpreendido ao verificar como eles se autonomizam em subsistemas culturalmente diferenciados, que depois o enfrentam com as suas próprias regras.

Em certa medida, o itinerário humano tem sido uma sinuosa e agitada passagem da respiração livre do espaço aberto, quiçá da leveza da condição nômada, para a cidade cercada e onívora. A cidade devora tudo o que a terra e o mar à sua volta produzem. Drena e suga as riquezas naturais que são lançadas às caldeiras que fornecem energia à comédia humana e cujos detritos depois expulsa em forma de esterco e podridão. Quanto mais vastas, mais espessas e mais largas são as muralhas da cidade, mais ela se entrega ao estranho labor de construir signos e metáforas, de transformar a matéria em símbolos. O citadino acaba por se alimentar desses símbolos, afasta as coisas, o desejo e a morte, apaga o pânico dum frente a frente com a grandeza e o mistério do cosmos e, na palavra abstrata, na produção obsessiva do símbolo, encontra o centro de gravidade duma existência sem alegria e sem glória.

Se muitos fatores nos levaram do campo à cidade, um caminho direto nos levou da cidade à abstração. Nunca será demais refletir sobre a formação desses núcleos coletivos e sobre o dinamismo específico desencadeado dentro das suas muralhas. O espaço urbano é o centro dum centrípeto turbilhão humano que devora olivais e searas, bois e escravos — que cada vez menos se sabe donde e como vêm — e que tem como principal ocupação a construção de metáforas.

Dentro daqueles quatro muros o homem deixa de ter por medida do tempo a vastidão da duração cósmica, e o fato de estar em conjunto e concentrado num espaço fechado diminui-lhe a perspectiva da sua relação com as outras pessoas, como já lhe retirara a perspectiva da relação com as coisas. Comprimido no aglomerado urbano, vive em situação de "densidade social", que provoca uma outra medida do tempo: um tempo também bloqueado naquele espaço fechado.

O fluxo humano que atravessa a cidade é permeável àquilo a que chamam o "saber" e disso vive. A economia, a técnica, o teatro, a história, a filosofia e até a agricultura passam a ter por solo e subsolo a cabeça do citadino e nela são cultivadas. Em certa medida, os valores produzidos na aridez das cidades pautam depois o comércio, a indústria e os impérios. Tudo vai perdendo os nomes próprios e passa a ser referido em função de coletividades, de agrupamentos, de núcleos aglutinados por ideias e depois por palavras que correm ao lado da vida e nada têm que ver com o que ela contém de sinuoso, de vário, de diferente, de individual, de característico.

A alma do citadino dilui-se na imensidade compacta dos semelhantes que ombreia. É quando se recorre a ideias como criação coletiva, sentimentos coletivos, destino coletivo, salvação coletiva, na tentativa de compensar no abstrato a redução e a impotência dos projetos individuais. Em suma: foi na cidade que as palavras começaram a tomar o lugar das coisas.

Na sua *Metapsicologia*, o dr. Segismundo Freud deixa cair a certo passo: "[...] pode acontecer que os esquizofrênicos se vejam forçados a contentar-se com palavras em vez de coisas." Não sei se passaria pela cabeça do patriarca da psicanálise que, quarenta anos depois, estaríamos perante uma autêntica "socialização" da esquizofrenia, já que, a muitos agrupamentos humanos, foi vedado o acesso às coisas e ao seu relacionamento com elas, donde resulta "verem-se forçados a contentarem-se com palavras". Por outro lado, a intensidade das relações humanas na compreensão da "densidade social" provoca reações acumuladas e sujeita o ser vivo a uma intensidade de estímulos e solicitações que impõe reações imediatas, e perturbam e alteram o ritmo normal dos sentimentos e das paixões. As metrópoles modernas vivem uma esquizofrenia coletiva, nem sempre contida, e as relações humanas não escondem essa sintomatologia. Os comportamentos do homem no exercício da cidadania e do trabalho, na vida amorosa e na criação artística, foram profundamente alterados e damo-nos conta, ao compará-los com os comportamentos impostos pelos modelos tradicionais, que com eles se não atingiram situações de maior liberdade interior.

A verdade é que, não obstante a sua "esquizofrenia", mas através dela, o "sistema" constrói, a partir da cidade, a sua hegemonia.

O conceito de hegemonia, refletido por Gramsci, diz respeito à dominação dum grupo sobre a sociedade inteira (pela cultura, pelo saber e, obviamente, pela lei).

Creio que o instrumento dessa dominação ultrapassa o conceito de "classe", já que não são só os políticos, as personalidades públicas, os partidos e tudo o mais a que se convencionou fazer parte da chamada "classe dominante" que nela participam. Trata-se, sim, dum "sistema" dominante que comprometeu no aparelho de dominação todos os elementos que o integram, sem excluir os intelectuais e a classe operária. A classe operária, sobretudo nas sociedades ocidentais, tem tomado um papel cada vez mais poderoso e determinante na condução do "sistema" e da forma como ele tem investido pela nossa história mais próxima.

Por outro lado, o papel dos intelectuais na dinamização e manutenção do "sistema" — sobretudo dos intelectuais que dizem opor-se-lhe — faz parte duma daquelas complexas e subcutâneas astúcias sociais capazes de, simultaneamente, lhes dar as vantagens do "sistema" sem a contrapartida da má consciência que, às vezes, ataca o opressor.

Ora, o "sistema" contém uma racionalidade própria que é, ao mesmo tempo, motor do seu avanço e triturador da sua própria produção. Ele avança sobre um tecido que tinha que ver com uma identidade específica e intransmissível, que formava uma comunidade que se exprimia por individualizadas liturgias que nos comunicavam, quase de pessoa a pessoa, as alegrias, as dores e tudo o mais ligado ao fantástico poder do sentimento e que constituía o húmus e a criação da vida, e de tudo isso fez um conglomerado uniforme que submeteu à implacabilidade redutora das suas leis.

Com o crescimento da cidade o "sistema", ao mesmo tempo que apaga as diferenças, anula a recíproca vigilância dos vizinhos e as contenções religiosas e éticas. Estruturas coletivas põem termo às tarefas comunitárias e às experiências de solidariedade concreta. Ao criar o anonimato ele faz com que tudo se passe entre estranhos, fortalece a abstração e a racionalidade e, no seu avanço cego, vai pondo de lado os seus próprios subprodutos.

Não é por acaso que os bairros de lata ficam na periferia, junto aos vazadouros. A grande metrópole consumista não consegue funcionar sem um altíssimo grau de desperdício: marginais e lixo vão sendo empurrados para os lados da cidade e, com os ratos, os marginais disputam os sobejos do consumo.

À maneira que os marginais vão deixando de estar individualizados, deixam de ser tolerados. Já não é o taradinho, o bêbedo, o excêntrico local que vivia e convivia com as populações e delas era ornamento, bobo e encargo. Ao contrário dos elementos do "sistema", os marginais não têm acesso às palavras mas estão perante as coisas e as situações: qualquer coisa como o primitivo que tem que criar um código de sobrevivência face à fúria dos elementos.

É essa situação que obriga os marginais a constituírem-se em subsistema autônomo, com os seus esquemas de sobrevivência e as suas específicas normas.

O afrontamento do "sistema" por esse tipo de "subsistemas" é um fenômeno que progressivamente se agudiza e a importância que vem tomando nas sociedades contemporâneas é tal que não nos podemos dar ao luxo de o deixar aos urbanistas, aos economistas, aos sociólogos e aos demais técnicos duma manipulação simplista do espaço. É que as condições em que são gerados e vivem esses subsistemas produzem situações culturais que afetam de tal modo os parâmetros da condição humana que são precisamente novas culturas, no sentido estrutural do termo, que, ao nosso lado, aceleradamente se vão criando. As metrópoles modernas ainda não se deram conta de que, logo a seguir ao nosso bairro, nos subúrbios da cidade, vive uma estranha tribo da Polinésia com os seus estranhos costumes, com a sua específica moral, com os seus ritos próprios, com a sua música e, evidentemente, com a sua outra linguagem. Elas arriscam-se a, um dia desses, acordarem rodeadas duma tribo duma insólita raça que, com os seus gritos de guerra, evoca novos ídolos que exigem o sangue dos seus inimigos.

Rubem Fonseca conseguiu exprimir exemplarmente em literatura a complexidade dessa situação existencial. A análise literária da sua obra, nomeadamente no que diz respeito à produção da linguagem, mereceria um outro e mais extenso prefácio. No entanto, não gostaria de deixar de chamar a atenção para certa crítica simplista que não resiste a acusar o autor duma excessiva influência dos escritores americanos do romance urbano — R. Chandler, D. Hammett e todos os mais que forneceram os argumentos para os filmes de Bogart. É uma crítica que me parece tão superficial como a que ligasse a Kipling todos os escritores que escrevessem sobre a selva e a Conrad ou Melville todos os que escreveram sobre o mar. Quando, como no caso de Rubem Fonseca, uma literatura penetra num novo universo e consegue transmiti-lo pela descoberta da sua linguagem, julgo que é sobre esse "milagre" de criação que o crítico se deveria interrogar. A verdade é que o "espaço" de Nova York e Chicago produziu outras tribos que não são as de São Paulo ou do Rio.

Dos singulares comportamentos destas e dos estranhos costumes dos senhores do "sistema" dominante tomamos conhecimento, através da obra de Rubem Fonseca, com uma força só conseguida quando servida por uma tão rigorosa arte de escrever.

Caso de polícia

Sérgio Augusto

Nenhuma obra de Rubem Fonseca foi mais falada e discutida do que *Feliz ano novo*. Nem sempre por seus méritos literários.

Firme desde o lançamento na lista dos mais vendidos, seus primeiros 13 meses de vida comercial foram marcados exclusivamente por comentários elogiosos na imprensa e especulações da crítica sobre eventuais semelhanças entre o escritor e o autor pornoterrorista do conto "Intestino grosso". Em dezembro de 1977, já na terceira reimpressão, *Feliz ano novo* foi inesperadamente proibido pela censura, e todos os exemplares postos à venda e em estoque na editora Artenova foram confiscados pela polícia federal. Dali em diante, o quarto livro de contos de Rubem Fonseca virou um caso de polícia e o mais longamente discutido escândalo lítero-jurídico da ditadura militar.

Sobre Uma Perícia de Afrânio Coutinho

Deonísio da Silva

QUANDO o ex-ministro Armando Falcão, através de portaria, proibiu em todo o território nacional o livro **Feliz Ano Novo**, o autor, Rubem Fonseca, procurado pela imprensa, recusou-se a defender-se por essa via. Até hoje, depois de haver obtido o reconhecimento da crítica e do público, aqui e no exterior, as revistas que publicam seus contos não podem dedicar mais que poucas linhas à biografia deste escritor, peculiar em nossas letras, não só pela obra que está produzindo, mas também pelo cuidado extremo em preservar a intimidade.

O escritor escolheu um outro caminho para defender-se das acusações lançadas contra ele pelo Ministério da Justiça, segundo as quais **Feliz Ano Novo** era **imoral e ofendia os bons costumes**. Aqui também foi original, recorrendo à Justiça, contra a União.

No decorrer do processo, o Juiz Federal da 1ª Vara do Rio de Janeiro solicitou perícia sobre o livro. E para realizar tal perícia foi indicado um dos maiores nomes da Teoria e da História Literária em nosso país — Afrânio Coutinho, da Academia Brasileira de Letras.

A revista **Encontros com a Civilização Brasileira** (nº 10) acaba de publicar o parecer do perito, na íntegra.

O Procurador da República, Dr. Sylvio Florencio, fez ainda as seguintes perguntas:

1 — O livro **Feliz Ano Novo** ofende a moral e os bons costumes?

2 — O que se deve entender por **moral** e **bons costumes** na obra literária?

3 — O objetivo exposto no livro conduz o leitor à degradação?

Eis as respostas de Afrânio Coutinho.

1 — Não.

2 — A obra literária não encerra ataque ou defesa da **moral e bons costumes**. Retrata ou reflete os costumes da sociedade onde surge, sejam eles **bons ou maus**.

3 — Não. Nenhum leitor foi induzido por um livro à prática de atos de natureza degradante.

Alguns outros quesitos indagam se na elaboração dos contos, o Autor buscou apenas criação artística ou visou a induzir o leitor ao comportamento e à linguagem de seus personagens; se a obra encerra poder de persuasão tal, do leitor, que lhe determine o modo de pensar ou o de agir, contrariamente à moral e aos bons costumes; se os outros livros do Autor contrariam a moral e os bons costumes, etc. Há até um quesito muito curioso, indagando se o Autor revela-se um homem morigerado em sua profissão, hábitos sociais e familiares.

Depois de avançar uma série de considerações eruditas sobre o erotismo na arte e na literatura, Afrânio Coutinho nos dá este rasgo de clareza que por certo fará parte, daqui por diante, da antologia da luta contra a censura:

"A obra literária de Rubem Fonseca tem-se caracterizado por extrema originalidade no que concerne a estilo, técnica narrativa, temática, além de uma busca de renovação que o faz um escritor moderno.

Os seus contos, pelos quais se revela um inovador quanto à técnica, oferecem, sobretudo, um quadro da atual sociedade carioca, e acredito que se possa dizer brasileira, em estado de crise. O momento que vivemos realmente deixa preocupado qualquer observador menos superficial. Não é um quadro lisongeiro o que nos oferece todos os dias a imprensa escrita, falada ou televisionada.

(. . .)

Rubem Fonseca situa-se na boa linhagem da ficção universal. O fato de usar quadros da vida real — sexo, violência, miséria — não quer absolutamente dizer que ele os aprove ou desaprove. Simplesmente descreve-os, testemunha-os, usando, para ter mais eficiência artística, todos os recursos que a arte literária antiga e atual coloca à sua disposição. Por isso é bom escritor, é grande escritor."

A obra de Rubem Fonseca — é uma das conclusões do perito — não pode ser definida como pornográfica, mas sim, como obra literária de alto mérito estético, para cuja elaboração serviu-se, o escritor, de elementos eróticos. Assim procedendo, filiou-se à própria tradição artística do Ocidente nos últimos tempos, especificamente no campo da literatura. As obras de alguns dos maiores escritores estão aí a comprovar esta verdade: Joyce, Proust, Camus, Rousseau, Thomas Gray, Samuel Taylor Coleridge, Charles Lamb, Leigh Hunt, Oscar Wilde, Frank Harris, André Gide, Whitman, Baudelaire, Verlaine, Roger Cavement, Rabelais, Radclyffe Hall, Charles McGrow, D. H. Lawrence, Lautréamont, Rimbaud, Teophile Gautier, Sinclair Lewis, Lawrence Durrell, Henry Miller, Adelino Magalhães, etc. etc. etc. (dá quase um catálogo telefônico).

"Na luta entre a arte e censura — conclui Afrânio Coutinho — a vitória tem sido sempre, dentro ou fora dos tribunais, a favor da arte: Wilde, Lawrence, Joyce... Todas as obras literárias ditas obscenas foram afinal liberadas. A censura é que foi condenada. E a vitória coube à arte universal, grande, de todos os tempos e lugares."

A perícia de Afrânio Coutinho redime a **inteligência brasileira**, que, conquanto tenha uma certa tradição liberal, aqui e ali, por diversas vezes, endossou procedimentos censórios, ao omitir-se diante de graves atentados à liberdade de expressão e de criação artística. Tampouco a Academia Brasileira de Letras, da qual o perito é membro, tem assumido posições contrárias à censura. Ao contrário, esteve sempre silenciosa diante dos inúmeros atentados praticados contra os **homens de letras** deste País. Não deixa, pois, de ser reconfortante ler esta perícia de Afrânio Coutinho.

Àqueles que endossaram o ex-Ministro quando da proibição do livro de Rubem Fonseca (e quando da proibição de todos os outros; são sempre os mesmos, como diria aquele personagem do **Planeta dos Homens** — o **seu** Cazuza), especialmente àqueles que estão bem postos nos ofícios do Poder, uma pergunta: E se em vez de corrigir o escritor, se corrigisse a realidade brasileira?

Deonísio da Silva é escritor (**Exposição de Motivos: Cenas Indecorosas, A Mesa dos Inocentes**) e professor de literatura brasileira em Ijuí-RS. Está, presentemente, elaborando dissertação de Mestrado sobre a obra de Rubem Fonseca, sob a orientação de Guilhermino Cesar, na Universidade Federal do Rio Grande do Sul. Publicou também, recentemente, um livro de ensaios intitulado **A Ferramenta do Escritor: um estudo da violência em Feliz Ano Novo**. (Rio, Artenova, 1978).

CORREIO DO POVO 4

Texto de autoria do crítico Deonísio da Silva publicado no "Caderno de Sábado", no *Correio do Povo*, em 2 de junho de 1979. No decorrer do processo, Afrânio Coutinho, um dos maiores especialistas brasileiros da teoria e da história literária, foi chamado a realizar uma perícia sobre o livro. Um trecho de seu parecer foi particularmente contundente: "A obra literária não encerra ataque ou defesa da *moral* e *bons costumes*. Retrata ou reflete os costumes da sociedade onde surge, sejam eles *bons* ou *maus*."

Distribuído às livrarias em outubro de 1975, *Feliz ano novo* vinha envolto em embalagem de plástico transparente, não por profiláticas razões morais, como as revistas masculinas, mas por trazer sobre a contracapa um cartão com mensagens de boas-festas escritas em várias línguas. Ao resenhá-lo na edição de 5 de novembro da revista *Veja*, o poeta Affonso Romano de Sant'Anna acrescentou aos elogios um reparo premonitório: "uma leitura superficial desta obra pode tachá-la de erótica e pornográfica." Leitores superficiais não faltavam nos altos escalões da ditadura militar, ainda em bom número no governo Ernesto Geisel, cujo ministro da Justiça, Armando Falcão, se consagraria como um dos mais obscurantistas da história republicana.

Faltavam ainda duas semanas para o réveillon de 1977 quando um Decreto Oficial da União (Portaria nº 8, 401-B, de 15 de dezembro de 1976), assinado pelo ministro, ordenou o confisco de todos os exemplares de *Feliz ano novo*, sob a alegação de que seus contos exteriorizavam "matéria contrária à moral e aos bons costumes". Como? O *ucasse* não se deu o trabalho e a obrigação de explicar.

A sociedade pensante reagiu prontamente, com a veemência cabível. Juristas criticaram a falta de embasamento jurídico do governo; "é uma ação profundamente farisaica", estrilou o psicanalista Hélio Pellegrino; pelos critérios adotados, as obras de Dante, Cervantes, Goethe, Shakespeare e outros gigantes da literatura mundial também deveriam ser apreendidas, argumentou o poeta Gerardo Mello Mourão, um dos primeiros intelectuais a assinar um manifesto a favor de Rubem Fonseca e da liberdade de expressão, com mais de mil adesões.

Quebrando a unanimidade, duas lamentáveis figuras: o senador Dinarte Mariz, folclórica figura da Arena, o partido oficial do governo, e o escritor cearense Nertan Macedo, áulico da ditadura e então assessor do ministro da Fazenda Mário Henrique Simonsen. Indagado por um repórter sobre a censura a *Feliz ano novo*, Macedo declarou "ignorar o assunto", para não "fazer publicidade de autores idiotas". O senador potiguar estendeu-se mais sobre o assunto: "O que li me espantou, me causou arrepios; é pornografia de baixíssimo nível, que não se vê hoje nem nos recantos mais atrasados do país." E antes que lhe perguntassem se a miséria e a corrupção no Rio Grande do Norte e no resto do Nordeste não causariam mais arrepios do que a pior das pornografias, Mariz superou-se, propondo que Rubem Fonseca, além de censurado, fosse preso.

Sem romper seu silêncio, Rubem Fonseca revidou nos tribunais. Em 2 de maio de 1977, ajuizou ação ordinária contra a União, reclamando a ilegalidade do ato arbitrário do ministro Falcão e pleiteando sua anulação, bem como uma indenização pelos danos patrimonial e moral por ele causados. Ouvidas as partes em processo, o pedido foi julgado improcedente. Em 25 de abril de 1980, os advogados do escritor apelaram da sentença junto ao Tribunal Federal de Recursos.

Obrigada a esclarecer os motivos da proibição e provar a legalidade da medida, a censura elaborou um documento de gritante inconsistência e assustadora leviandade, no qual alegava que *Feliz ano novo* retratava, "em quase sua totalidade, personagens portadores de complexos, vícios e taras, com o objetivo de enfocar a face obscura da sociedade na prática da delinquência, suborno, latrocínio e homicídio, sem qualquer referência a sanção, utilizando linguagem bastante popular e onde a pornografia foi largamente empregada, com rápidas alusões desmerecedoras aos responsáveis pelos destinos do Brasil e ao trabalho censório."

Da Bíblia a Rubem Fonseca, toda a literatura é erótica

VIRGÍLIO MORETZSOHN MOREIRA

'O escritor deve ser testemunha do seu tempo'

AFRÂNIO COUTINHO

Matéria do jornal *O Globo* de 27 de agosto de 1979, em que Afrânio Coutinho concede entrevista a Virgílio Moretzsohn Moreira, para quem a proibição de *Feliz ano novo* foi o estopim para a discussão sobre o erotismo na literatura.

Convocado a periciar o arrazoado da censura, o crítico literário e acadêmico Afrânio Coutinho não deixou um só argumento sem resposta. Em seu parecer, posteriormente publicado em livro (*O erotismo na literatura: o caso Rubem Fonseca*, Cátedra, 1980),

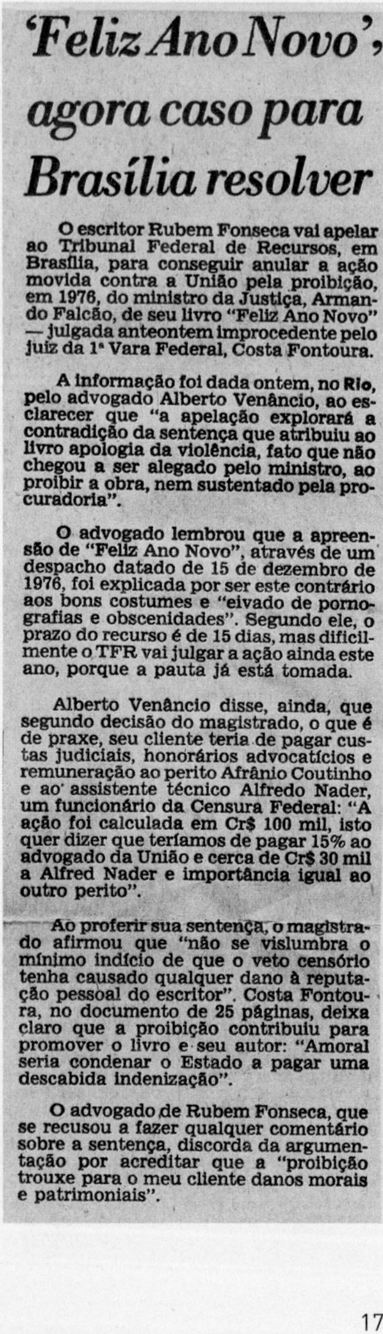

'Feliz Ano Novo', agora caso para Brasília resolver

O escritor Rubem Fonseca vai apelar ao Tribunal Federal de Recursos, em Brasília, para conseguir anular a ação movida contra a União pela proibição, em 1976, do ministro da Justiça, Armando Falcão, de seu livro "Feliz Ano Novo" — julgada anteontem improcedente pelo juiz da 1ª Vara Federal, Costa Fontoura.

A informação foi dada ontem, no Rio, pelo advogado Alberto Venâncio, ao esclarecer que "a apelação explorará a contradição da sentença que atribuiu ao livro apologia da violência, fato que não chegou a ser alegado pelo ministro, ao proibir a obra, nem sustentado pela procuradoria".

O advogado lembrou que a apreensão de "Feliz Ano Novo", através de um despacho datado de 15 de dezembro de 1976, foi explicada por ser este contrário aos bons costumes e "eivado de pornografias e obscenidades". Segundo ele, o prazo do recurso é de 15 dias, mas dificilmente o TFR vai julgar a ação ainda este ano, porque a pauta já está tomada.

Alberto Venâncio disse, ainda, que segundo decisão do magistrado, o que é de praxe, seu cliente teria de pagar custas judiciais, honorários advocatícios e remuneração ao perito Afrânio Coutinho e ao assistente técnico Alfredo Nader, um funcionário da Censura Federal: "A ação foi calculada em Cr$ 100 mil, isto quer dizer que teríamos de pagar 15% ao advogado da União e cerca de Cr$ 30 mil a Alfred Nader e importância igual ao outro perito".

Ao proferir sua sentença, o magistrado afirmou que "não se vislumbra o mínimo indício de que o veto censório tenha causado qualquer dano à reputação pessoal do escritor". Costa Fontoura, no documento de 25 páginas, deixa claro que a proibição contribuiu para promover o livro e seu autor: "Amoral seria condenar o Estado a pagar uma descabida indenização".

O advogado de Rubem Fonseca, que se recusou a fazer qualquer comentário sobre a sentença, discorda da argumentação por acreditar que a "proibição trouxe para o meu cliente danos morais e patrimoniais".

contestou que *Feliz ano novo* ofendesse a moral e os bons costumes, relembrou os casos mais famosos de perseguição a livros e escritores, invocou um genial aforismo de Oscar Wilde ("Não existe livro moral ou imoral; livros são bem escritos ou mal escritos, e é só"), eximindo o autor de *Feliz ano novo* de qualquer transgressão à lei: "O fato de usar quadros da vida real — sexo, violência, miséria — não quer dizer que ele os aprove ou desaprove. Simplesmente descreve-os, testemunha-os, usando, para

Nesta matéria, d'*O Estado de S. Paulo* de 9 de abril de 1980, constam detalhes da ação contra a União promovida por Rubem Fonseca, que tentava obter a liberação de sua obra. Ainda seriam necessários nove anos para que *Feliz ano novo* voltasse às prateleiras.

ter mais eficiência artística, todos os recursos que a arte literária antiga e atual coloca à sua disposição."

Na 1ª Vara Federal, o procurador da República Sylvio Fiorêncio amparou-se na hipótese de que não caberia à Justiça apreciar os atos discricionários da censura. "O intérprete supremo da definição é o Estado, necessariamente", insistiu o representante da União, afinal convencendo o juiz Bento Gabriel da Costa Fontoura a julgar improcedente a ação indenizatória movida pelos defensores do censurado e deixar tudo como estava. Não satisfeito e extrapolando sua competência, o magistrado acusou Rubem Fonseca de "dar voz a conversas de subgente", a "tipos patológicos", tratados como heróis e suas "reprocháveis atitudes como se socialmente louváveis, dissimuladamente travestidas de atos

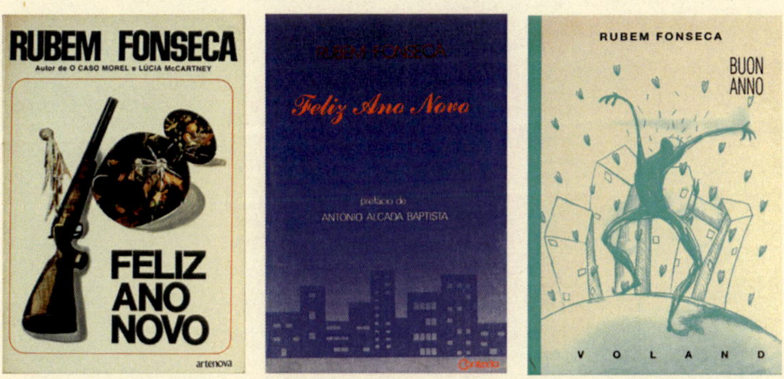

Acima, da esquerda para a direita, as capas da edição original de *Feliz ano novo*, publicada pela Editora Artenova, em 1975; da portuguesa, de 1980, prefaciada por António Alçada Baptista, incluída nesta edição como posfácio; e da italiana, de 1998, quase dez anos após voltar a ser comercializado no Brasil.

meritórios". Isso, a seu ver, poderia levar certos leitores a cometer atos de natureza degradante, ilação veementemente desqualificada por Afrânio Coutinho.

No primeiro dos dois livros que escreveu sobre o tema, o professor Deonísio da Silva detectou nos discursos do procurador Fiorêncio e do juiz Costa Fontoura "um mal disfarçado anúncio de um Estado autoritário" empenhado em determinar também na arte o que os cidadãos devem ver, ler ou ouvir, evidências "de que as vocações fascistas caboclas, se não são precoces, são pelo menos arrojadas na ambição de controlar sem terem de prestar contas a ninguém — nem sequer ao Judiciário". Foi preciso que o regime autoritário chegasse ao fim para *Feliz ano novo* voltar a ser impresso, vendido, comprado e lido.

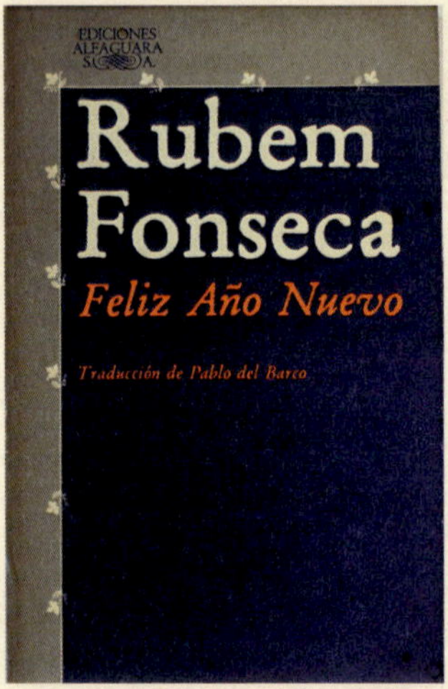

Capa espanhola de *Feliz ano novo*, publicado em 1977 pela Alfaguara, logo após o fim do regime ditatorial naquele país.

Em 1989, após 13 anos de batalhas forenses, o Tribunal Regional Federal decidiu, por dois votos a um, que Armando Falcão se equivocara. Só então Rubem Fonseca pôde festejar sua entrada no panteão dos vitoriosos (Flaubert, Wilde, Lawrence, Joyce etc.) na velha e insana luta entre a arte e a censura, sempre vencida pela primeira.

O autor

Contista, romancista, ensaísta, roteirista e "cineasta frustrado", Rubem Fonseca precisou publicar apenas dois ou três livros para ser consagrado como um dos mais originais prosadores brasileiros contemporâneos. Com suas narrativas velozes e sofisticadamente cosmopolitas, cheias de violência, erotismo, irreverência e construídas em estilo contido, elíptico, cinematográfico, reinventou entre nós uma literatura *noir* ao mesmo tempo clássica e pop, brutalista e sutil — a forma perfeita para quem escreve sobre "pessoas empilhadas na cidade enquanto os tecnocratas afiam o arame farpado".

Carioca desde os oito anos, Rubem Fonseca nasceu em Juiz de Fora, em 11 de maio de 1925. Leitor precoce porém atípico, não descobriu a literatura (ou apenas o prazer de ler) no *Sítio do Picapau Amarelo*, como é ou era de praxe entre nós, mas devorando autores de romances de aventura e policiais de variada categoria: de Rafael Sabatini a Edgar Allan Poe, passando por Emilio Salgari,

Michel Zevaco, Ponson du Terrail, Karl May, Julio Verne e Edgard Wallace. Era ainda adolescente quando se aproximou dos primeiros clássicos (Homero, Virgílio, Dante, Shakespeare, Cervantes) e dos primeiros modernos (Dostoiévski, Maupassant, Proust). Nunca deixou de ser um leitor voraz e ecumênico, sobretudo da literatura americana, sua mais visível influência.

Por pouco não fez de tudo na vida. Foi office boy, escriturário, nadador, revisor de jornal, comissário de polícia — até que se formou em Direito, virou professor da Escola Brasileira de Administração Pública da Fundação Getulio Vargas e, por fim, executivo da Light do Rio de Janeiro. Sua estreia como escritor foi no início dos anos 1960, quando as revistas *O Cruzeiro* e *Senhor* publicaram dois contos de sua autoria.

Em 1963, a primeira coletânea de contos, *Os prisioneiros*, foi imediatamente reconhecida pela crítica como a obra mais criativa da literatura brasileira em muitos anos; seguida, dois anos depois, de outra, *A coleira do cão*, a prova definitiva de que a ficção urbana encontrara seu mais audacioso e incisivo cronista. Com a terceira coletânea, *Lúcia McCartney*, tornou-se um best-seller e ganhou o maior prêmio para narrativas curtas do país.

Já era considerado o maior contista brasileiro quando, em 1973, publicou seu primeiro romance, *O caso Morel*, um dos mais vendidos daquele ano, depois traduzido para o francês e acolhido com entusiasmo pela crítica europeia. Sua carreira internacional estava apenas começando. Em 2003, ganhou o Prêmio Juan Rulfo e o Prêmio Camões, o mais importante da língua portuguesa. Com várias de suas histórias adaptadas ao cinema, ao teatro e à televisão, Rubem Fonseca já publicou 12 coletâneas de contos e 11 romances, sendo o último deles *O seminarista* (Agir, 2009).

Coordenação da edição
Sérgio Augusto

Editoras responsáveis
Janaína Senna
Maria Cristina Antonio Jeronimo

Produção editorial
Ana Carla Sousa
Ângelo Lessa

Revisão
Maria Clara Antonio Jeronimo
Zaira Mahmud

Diagramação
Trio Studio

Capa
Retina 78

Este livro foi impresso em dezembro de 2010, pela Ediouro Gráfica, para a Editora Nova Fronteira. A fonte usada no miolo é Minion Pro 10,5/16. O papel do miolo é pólen soft 70g/m², e o da capa é cartão 250g/m².